亲爱的蜂蜜

笛 安

人民文学出版社

图书在版编目(CIP)数据

亲爱的蜂蜜/笛安著.—北京:人民文学出版社,2022
ISBN 978-7-02-017229-0

Ⅰ.①亲… Ⅱ.①笛… Ⅲ.①长篇小说—中国—当代 Ⅳ.①I247.5

中国版本图书馆 CIP 数据核字(2022)第 108837 号

责任编辑	赵　萍　王昌改
责任校对	韩志慧
责任印制	苏文强

出版发行	人民文学出版社
社　　址	北京市朝内大街 166 号
邮政编码	100705
印　　刷	北京盛通印刷股份有限公司
经　　销	全国新华书店等
字　　数	154 千字
开　　本	787 毫米×1092 毫米　1/32
印　　张	11.125
版　　次	2022 年 9 月北京第 1 版
印　　次	2022 年 9 月第 1 次印刷
书　　号	978-7-02-017229-0
定　　价	59.00 元

如有印装质量问题,请与本社图书销售中心调换。电话:010-65233595

孩子,就是世界的温情谜语,
  这些谜语中也藏有答案。

　　　　　——〔俄〕茨维塔耶娃

大熊说——我应不应该留在这里,替蜂
　　　　蜜守着这朵昙花呢?
莲一说——反正在蜂蜜长大成人之前绝
　　　　对不能死就对了,人生再没
　　　　意义我也不能死。

蜂蜜说——为沙玛亚?

一

那是我和崔莲一的第三次约会。

我有点后悔把车开出来,起初怕周五,又是晚高峰,电影散场叫车会太困难。但是还没走完停车场出口的坡道就已经被塞住了,我注视着前车的车牌尾号——它的尾号跟我有什么关系?不知道,只不过我已经开始将"京N**762"三个数字在脑子里任意重组——如果没有开车,晚饭是不是就可以顺势喝几杯,也许两个人就能在完全放松的情况下多说几句,不小心流露非常真实的感受——最有意思的部分通常就在这里,然后就心领神会了:我们之间是到此为止,还是可以期待下一集……我往副驾上看了一眼,崔莲一今天异常地沉默。

我自认为没说错什么——除了刚刚从座位上起身的时候我沮丧地表示这部电影是个烂片——而我知道导演碰巧是她的朋友。但是这应该算不上是冒犯，崔莲一跟这位导演的友谊并没有深厚到那个程度。后面的车开始狂躁地按喇叭催我，狂躁在持续——好像他的下属们完不成本月KPI，他的小孩由于父母社保问题无法获得朝阳区的学籍号，他老婆越来越瞧不起他……这一切都怪我没有及时地踩油门。

我缓缓驶出了坡道，汇入马路上的车流，继续塞着。

崔莲一关掉了电台，我以为她有话要讲。安静是与两百米之外的绿灯一起来临的。这让我有种错觉，好像"安静"这个词本身就会散发绿色光芒。我不知道我们有没有那个命，在绿灯消失之前走完这两百米。我偷偷地看了她一眼，她把全部的头发都拂到了右边，在右边的胸口垂下来，以至于我能清楚看到她左半边脸上凝固着有点尴尬的微笑，以及她的脸庞后面的夜色。

她看了一眼窗外的巨幅广告："熊漠北，我有件事和你说。"

我听见了自己在呼吸。那个导演——应该不至于给她献过血吧。她的声音有种若隐若现的脆弱，说话之前，他先笑了笑："我就开门见山了，其实——我挺喜欢你的。"

怎么办？可是现在离订了位子的餐厅还有至少三个红绿灯——我转过头认真地看着她，她却没有回看我："但是我不知道老杨之前是怎么跟你说的。你知道的吧——我有个女儿，快三岁了。我自己带。所以，可能我有很多时间必须得给她，如果你介意这件事，我们就……现在说清楚比较好……"

我转过了头，直视着正前方，我说："我当然知道，虽然我自己对小孩没有经验，但是我从来没有觉得这是个问题。"

前面那辆"京N**762"开走了，留给我一段难得干净的路面。看着绿灯转红，我踩了油门。"欸，不行！"崔莲一的声音警醒了我，轮胎在路面划出刺耳的声音。我看着她，她集中精神的时候脸上总有一种好奇的神情，我总算回过神来，说："因为你自己从来不提，所以我也不好意思主动问。

等你觉得方便的时候,介绍我们俩认识,就可以——如果你完全不想介绍我认识她,也没有任何问题,决定权在你。"

她笑了,然后咬了一下嘴唇,继续笑:"我等会儿想点他们店里的那个柠檬迷迭香烤鸡,"她用两只食指认真地比了一个距离,"点一整只。"

我记得非常清楚,我就是在那个她如释重负的瞬间,开始爱她。

其实老杨并没有告诉我她有个女儿,我刚才是第一次听说。可我当然不能让她看出来这个,否则,显得我太没见过世面了。

那天深夜,我还是给老杨打了个电话。毕竟我顺利地恋爱了,得对介绍人表示感谢。顺便礼貌地问一句,他最初为什么省略了如此重要的信息。老杨一脸无辜地回答:"对啊,她是有个小女孩,特可爱,我没说吗?……哦,就算我没说,你跟她加上微信以后不也能看到她朋友圈?我还给那个小女孩的照片点过一两次赞……哎哟,看来她最近三个月都没发朋友圈,设置的是仅三个月可见——所以你还真没看见……

可是这怎么能怪我呢，我早跟你说了，自从忙活我家双胞胎上小学的事儿开始，我的脑子经常不够用，你不能像过去一样什么事儿都指着我，我就是牵个线，剩下人家的背景资料不是应该你自己去做功课的？——这不是刚开始嘛，又不一定走得到需要你跟孩子相处那一步，瞧你这点儿出息……人家可还不一定愿意嫁你呢，八字没一撇的事儿……"

全是他一个人在说，我只能静静地听，顺便想象他所有的表情，以及把电话夹在肩膀上，便于解放双手在空气中做出相应的动作。读书的时候他选修过一年的意大利语，没学会多少单词，却跟那个给他上课的意大利博士生学会了说话时飞舞双手的习惯。

不对，我的名声怎么不好听了……算了，多年来一贯如此。老杨总有办法成功地让我忘了一开始要说的内容。那晚之后，大概是两个多月以后吧，我第一次见到了成蜂蜜。

那天我和崔莲一原本约好去看一个多媒体艺术展。我像平常一样，提前十五分钟到达展厅入口处，正打算给她发个信息，却突然看见某个方向窜出来一个摇摇摆摆的小姑娘，准确地说,是因为身材比例大概是四头身造成了视觉上的那种卡通感,让我认为她行进的方式是像小动物那样摇摆着。我试着躲开她,避免撞到我的膝盖,她仰起脸,以一种严肃的神情看着我,我还以为那是个错觉,但其实不是。就在这时,崔莲一的声音从这个小家伙身后传了过来。

"熊漠北,你来这么早。"崔莲一有点措手不及地把一个硕大的帆布包甩到身后,然后弯下腰,熟练地抱起这个小家伙。现在我们终于可以平视对方了。"真不好意思,阿姨今天临时请假了,就在中午——我来不及安排,所以只能把她带来。"我真笨,其实直到崔莲一这样熟稔地把她抱起来的那一刻,我才意识到这个小姑娘是谁。"蜂蜜,这是熊叔叔,来打招呼。"崔莲一跟她说话的语气有一点微妙的不同。我的姓氏实在太不占便宜了,熊叔叔,根本没有选择只能扮演憨厚老实。

她依旧毫不退缩地看着我。她的头发绑成两根冲天辫,像是圆脑袋上的天线。只不过这两根天线的末梢还绑着两只草莓。苹果脸过于饱满,脸蛋嘟出来以至于牵扯得嘴角都有一点点下垂，漆黑的圆眼睛，像阿拉蕾——当然也许是她胸前那个阿拉蕾头像误导了我，总之让我觉得相似。可重点是：冲天辫，苹果脸，小胖手，阿拉蕾的眼睛，却匹配上一种中学教导主任的眼神的表情——的确令人过目不忘。

"你好，"我试图跟她握手，"我是……熊叔叔——"她没有反应，好像有人在她的脸上按下了暂停键，"你可以叫我大熊。"我的右手依然难堪地悬在半空，以至于我都在想不如顺便掏出一张名片来给她，以化解尴尬。

"我是蜂蜜。"暂停键消失，但她依然不苟言笑，"我，快三岁了。"

"哦，我——"我需要在心里将2018减去1982，"我36岁。"

崔莲一在一旁笑："她根本不懂这个数字是什么意思。"

但是蜂蜜犹疑着伸出了小手，五个手指捏紧了我的食指，攥在她的手心里上下摇晃两下，我们总算握过了手。我也是头一次觉得，我的手掌看上去这么大。一分钟后崔莲一肩上的那个帆布包背在了我身上，我们走进了展厅；三分钟以后我们从展厅出来了，因为今天参展的多媒体艺术作品显然入不了成蜂蜜小姐的眼,而崔莲一显然已经警觉成了习惯,当周遭行人向我们这边的噪音源头投来厌恶眼神的那一刻,迅疾地抱起蜂蜜离开现场。然后我们俩火速达成一致,带着她去到了某个商业综合体里面的儿童乐园。在后来的日子里,我也是慢慢习惯了:原本完美的计划会因为蜂蜜而在一瞬间发生彻底的改变,幼儿是洪水猛兽,我们文明人在他们面前都是不堪一击的。

蜂蜜摇摇摆摆地踩上了室内儿童游乐区的垫子,在崔莲一抓住她的右腿为她脱掉剩下的那只鞋的时候,她的胳膊依然还保持着奔跑的动作。听到我笑了,她仰起脸冷淡地看我一眼。随即我目送着她奔向滑梯,轻松汇入了一群四头身小动物里。我和崔莲一坐在一旁的成人等候区,像是两个守着山坡的牧羊人。"不好意思,今天辛苦你了。"崔莲一笑笑,有点歉意,顺便从我的身边拿起那个帆布包,拉链拉开,里面果然别有洞天。层层叠叠的各种格子或网状小口袋,很像是用来盛放专业器材的,她从其中一个网状口袋里抽出一个保温杯,再从另一个夹层里抽出一个奶瓶……"帮个忙,谢谢。"我已经看呆了这一套眼花缭乱的操作,以至于没能第一时间反应上来,她是需要我帮忙拧开那个奶瓶的盖子,我看着她从保温杯里缓缓倒出来一点水,可是奶瓶里原本是有水的,她的睫毛轻微扬起,又笑了笑:"稍微加一点热的,对她来说,温度合适。"

"原来如此。"我恍然大悟。就在此时,像是经过了什么神秘的计算,成蜂蜜的身影从滑梯的后面显现出来,朝着她妈妈蹒跚靠近。崔莲一不需要多说一句,就把奶瓶递给她,蜂蜜专心吸吮着喝水的神情也是一本正经的,崔莲一的眼神突然柔软,然后她的嘴唇靠近了那张严肃的苹果脸,飞快地在太阳穴的位置,冲天辫的前面印了一下。蜂蜜不为所动,早已默认这是常规操作。那个瞬间我了解了一件事,我必须取悦这个三岁的教导主任,只有如此,崔莲一才有可能爱我。

这个发现可真让我有些不愤。

儿童乐园结束,买了杯奶昔,一半吃进肚子里,另一半倒扣在了自己的裤子上。崔莲一第一时间把蜂蜜整个人横抱了起来:如此一来那半杯奶昔就还颤巍巍地停留在蜂蜜衣服的褶皱之间，不至于四处流淌和滴落。崔莲一得意地仰起脸，下巴指了指万能帆布包的方向。我这次意会得比较快，配合着拉开帆布包所有的拉链——果然在里面发现了一套叠着的干净衣服。崔莲一冲我羞赧地一笑，转身依旧横抱着蜂蜜冲向卫生间。我很想告诉她，她没有必要觉得不好意思——她已经如此神勇，不需要对任何人感到抱歉。但是这句话我说不出口，这并不是那种礼节性的情话，我终究什么都没有说，一种很深的心酸袭来，我只能静静地等它过去。

那天也是我第一次见识到原始人类如何进食。虽然她还不会用筷子是很正常的，可是……看着那两只小胖手凶狠地蹂躏着比萨面饼，顺便横扫过奶酪、蕃茄酱、培根，的确令人胆战心惊。帆布包里应该不至于还有第二套干净的衣服了，但是崔莲一却非常镇定："没事，弄脏衣服也没关系，要让她自己吃，马上就要去幼儿园了。"紧接着，原始人从餐盘里拿起一片比萨的残骸，小手托着，举到我面前，这个意思是要邀请我吗？我紧张地笑笑："谢谢蜂蜜，但是我已经吃饱了……"可喜可贺，比萨上面的两粒黑橄榄颤巍巍地越过宝宝椅，掉在她的身上。我长嘘一口气，我想象中的那种灾难场面倒是没有发生……然而她捡起那粒黑橄榄，仔细地打量，就在我说"不行那个已经脏了"的同时，把它丢进嘴里，然后一边耐心地挨个舔着自己的手指头，一边傲慢地瞟着我。有个奇怪的念头突然一闪而过：她好像，应该，是在观察我。那么，我是她见过的……第一个跟她妈妈约会的人吗？

当我们终于要结束这一天，抵达停车场，我不敢相信，其实距离我们在那个艺术展厅门口见面的时间，才过去了三个多小时。我以为我们已经跋涉了千山万水。崔莲一终于把成蜂蜜固定在 SUV 后座上的儿童安全椅里面，她直起身子，我其实形容不来那到底是羞涩还是脆弱，总之，像是微小的波纹在她的笑容里转瞬即逝："我的车后座太乱了，你还是不要看。"我恍惚觉得，我跟这个女人，已经相处了很久很久，好像立刻就可以开始相依为命。我跟她说："你今天很累了，我来开车，送你们回去。"她说："好。"然后她又说："其实我很想坐副驾，但是看到我坐在你旁边，她会闹的。"

在后座上，成蜂蜜问了她妈妈好几个语焉不详的问题——准确说我根本就没听明白那原来是在提问题，蜂蜜版的中文不是完整的句子，而是一串音节里偶然夹杂一两个我知道的词汇，好在通过崔莲一的回答，不难理解她们的对话内容。崔莲一说："对，熊叔叔会送我们回家……哦，你的意思是说出租车吗，不是，熊叔叔不是滴滴司机，他是妈妈的朋友；是的，这是妈妈的车，熊叔叔就是帮我们开一下车，等我们到家以后，就会还给我们的……"

崔莲一的声音从容地穿插于蜂蜜版中文之间，错落有致，周日下午，晚高峰未至，大体顺畅的路况让我听得见轮胎划过路面的声音，好像我们行驶在一片有风穿过的沙地上。崔莲一接了一个电话，她又换上了另一种截然不同的语气，跟电话那一端的人讨论剧本会的安排，导演的日程，对另一位编剧的人选有一点争议，顺便聊到了某个貌似掌握实权但是他们都很讨厌的公司高层……作为制片人的她，话语清晰简洁，足够充分地理解我们生活的世界，并且权衡之后有选择性地表达。这种时刻真让人享受，有个女人，她胸有成竹，偶尔害羞。

电话打完，直到下一个红灯，我才发现，蜂蜜版中文的声音已经消失。取而代之的，是一种怪异的，类似于某种海洋生物在细碎地拍打着岩石的声音，趁着等红灯，我回头看了一眼，安全座椅里，成蜂蜜小姐已经熟睡，苹果脸垂在一旁，身体完全放松，像是电影中末代小皇帝瘫在自己的龙椅上，她的嘴唇翕动，做着一个介于吮吸和咀嚼之间的动作，这便是那个怪异声音的来源。崔莲一急急地翻着自己外套的口袋，拿出一个安抚奶嘴，去掉壳子，将奶嘴端正地塞进蜂蜜的嘴巴，世界安静了。

那个红灯之后，余下的路程走得很快。虽然盯着眼前的路，但我知道，在我的身后，崔莲一对我笑了，她说："其实已经三岁了，应该把奶嘴戒掉。可是我在想，反正她只是睡觉的时候才需要这个，又不是什么大事儿，就有点不忍心……"也许我不该对我完全没概念的话题发表意见，但是我说："我也觉得，这点小事满足她，好像没什么，以后要过的难关有那么多呢——还得去学校这种鬼地方。"

这一次她笑出了声音："我觉得，她好像挺喜欢你。至少是挺好奇的。"

我受宠若惊。

随后她便自然而然地问:"老杨跟我说过,你结过两次婚,你为什么没有要小孩?"

另一个我们从来没聊过的话题就这样来了,我没有犹豫:"第一次结婚的时候什么也不懂,是很快就分开的;到了第二次——一开始担心养不起,后来就……没有后来了。"

她接下来那句话声音很轻,就像自言自语:"只要你不是那种讨厌小孩的人就好。"

我驶入了停车位,熄火的时候,副驾驶那边的门被崔莲一打开了。她之前为了后座的空间,把那个万能帆布包放在了副驾座上。我看着她,她好像愣了一下,她抓住那只帆布包的带子,人却跨了进来,坐在了座位上。"下一次,"她笑了,"下一次见面可能就要等阿姨休假回来了,然后我们去你说的那个剧场好不好——就只有咱俩……""我今天很开心。"我打断她,"下一次只有我们俩,再下一次,如果你愿意带着蜂蜜,也没有任何问题,只要蜂蜜愿意和我玩。"

她垂下了睫毛,她的手指修长而细致,在我的安全带的扣子上按了一下,一声很低但是很清脆的响声我看到她的嘴唇迎了过来。

也许只过了短短几秒钟,也许过了很久,总之当我再度看着她的脸,我知道我们已经变成彼此最熟悉的那几个人里面最陌生的那个,这应该就是恋爱最诱人的那部分——你开始熟悉这个原本陌生的人了,而造成这种熟悉的,完全是你的眷恋。她看着我,脸上浮起一层像是恍然大悟的神情,然后轻轻地摇摇头:"还是算了。"

"什么叫算了?"我心里一沉,顾不上思考,急急地脱口而出。

"我是说——"她再用力摇摇头,"我的意思是,我下次还是自己来见你,不带着她了,带着她毕竟……你以为我在说什么?"

我只能尴尬地笑笑:"我以为——你后悔了呢。"

她的手指轻轻地扫过我的脸,然后说:"我拿东西,你帮我抱蜂蜜下来?"

我打开后座的门，才发现蜂蜜在静静地盯着我，嘴里还叼着那个奶嘴。"你醒了？"我心里一惊。她的奶嘴在鼻子底下动了动，算是回答我了。我打开安全带，俯下身子把她抱出来，她比我预想的沉，突然她伸出一根手指，在我的下巴上抠了抠，她小声但是极为清晰地跟我说："我爸爸比你高。"我不知道她是怎么做到嘴里一边叼着奶嘴一边说话的，但是那个声音清楚得让我没办法以为我听错了，不仅是清楚，还有一种冷静。我难以置信地看着她，奶嘴依旧在她的鼻子下面上下抖动着，苹果脸也被牵扯得微微抖动，此时，她嘴里说的话已经又变回了蜂蜜版中文，含混的儿语，完全找不到了刚才那句标准中文的痕迹。

我知道她看见了我们在接吻。

我也知道这非常幼稚，但是当时我认为我必须说句话来赢她，于是我故作漫不经心地说："是吗，那你下次叫你爸爸来一起玩，我跟他比比个头。"成蜂蜜的脸上依旧没什么表情，小腿暗暗地发力，开始踢我，结果踢到了我裤子口袋里的钱包。我则用力地把她抱紧一点，手臂箍住了她不老实的腿。

　　崔莲一走在我们前面十几米外的地方,按下电梯按键之前微笑着回身来看着我们。她对一场刚刚开始的较量浑然不觉。不过这本来就是我和成蜂蜜两个人的事情。

二

下一次约会,她没有带成蜂蜜一起来;再下一次,依然没有。

餐厅服务员在点菜的时候,告诉我们这家餐厅在下个星期天是亲子特别日,会有魔术师来给小朋友们表演,还要组织小朋友们亲手做蛋糕,顺便会推出一个三人套餐——我不知她为何如此热情地给我们解释这么多关于亲子日活动的细节,难道崔莲一的脸上写着"的确有个小孩留在家里"?崔莲一礼貌地说:"好的,我回头扫码关注你们的号,了解一下再说。"待服务员走远,我跟崔莲一说:"不然下个周日就带蜂蜜来——她沾上一脸奶油的样子一定很好玩。"崔莲一咬了咬嘴唇,终于还是笑了:"我……没别的意思,不过我想，你和蜂蜜，还是不要那么熟，比较好。"

"我一点都不觉得累……"

"我不是说你，我是担心蜂蜜。"她这次的笑意不再勉强，"我就直说了——你看，如果你们相处得很好，如果相处得越来越好，真的有了感情……万一，我只是假设有这种情况——万一我们因为什么事情分开了，那我怎么跟蜂蜜解释？我已经需要跟她解释爸爸为什么没有跟妈妈在一起了，如果再来一次……"她再度咬了咬嘴唇，似乎是在等那个最合适的词汇自己轻悄地飘落到她面前的透明玻璃杯里。

"我懂了。"我说，"我刚刚的意思，也不是说我要和你们一起来，你可以自己带着她来做蛋糕，带上苏阿姨也行，反正是三人套餐。"——我确定，刚才那句"不然下个周日就带蜂蜜来"，我也是犹豫了一下，才没加主语。

"不好意思。"她停顿片刻，随后又笑笑，"我也不知道有什么不好意思的。"

"不用想那么多，未雨绸缪是对的。"也确实没人教过我，在这种时候该如何接话，于是情急之下，我只好选择了最蠢的一句——"你和蜂蜜的爸爸，为什么分开？"

她倒是回答得非常爽快："本来就是不该结婚的两种人。那个时候我其实没有想清楚，我觉得——他好像不错，但是好像也没有那么好，交往了大概有半年多，是我爸妈喜欢他，尤其是崔上校……"

她说过，她在离北京一千多公里的地方，南京的一个空军大院里度过了整个童年和一部分青春期，后来崔上校转业了，穿上了国航飞行员的制服，全家就跟着他迁移到了北京。那时崔莲一已经十四岁，是让崔上校头疼到怀疑人生的那种女儿。比方说，她做得出在全家人次日要启程北上的前一晚，深夜偷偷跑出去和她暗恋的小男生话别与表白，最终被人家的爸爸送回家。崔上校已经握紧了拳头，不过又松开了，还要礼貌周全地对那位爸爸表示抱歉与感谢——崔莲一在日常口语里，经常用"崔上校"来称呼她的父亲，我也觉得，这很传神。

"我做梦都想亲自飞一次波音787。"在崔莲一的记忆里，那是她和成先生刚刚开始谈婚论嫁的时候。那晚的崔上校喝了点酒,他突然这么说,"我做梦都想亲自飞一次波音787,我真是做梦都想。可是吧——我这次的体检已经不合标准了,年底就得停飞,我等不到787到中国来……"崔上校停顿片刻,一双锋利且专注的眼睛,灼热地看着他的女儿:"现在好了,你要嫁给小成,小成这么年轻,他一定能飞得上787,他替我飞,我就没那么遗憾。"

就是在那一瞬间,崔莲一说,她心里所有的忐忑都烟消云散,原本她还在犹豫那个婚姻。微醺的父亲已经开始变老,他独断专行了大半生,如果他说"小成能替我飞787,我就没有那么遗憾",那么这句话真正的意思其实是"你就嫁给他吧,算我拜托你。"崔莲一以为那就是她的命运了,反抗了崔上校那么多年:无论是上什么大学,学什么专业,做什么工作,和什么人谈恋爱——全部都逆着崔上校来,可是最终又和她妈妈一样,成了另一个年轻的飞行员的妻子。

不过她那时太年轻,她不知道命运没那么简单。一刹那的辛酸与和解,只够一个人拿来唱两句歌,忘掉才是对的,不能真的用来左右人生。当她彻底理解这件事的时候,不到三年的婚姻已经结束了,她成了一个单身妈妈。

"可能是那个时候,我太想让他对我满意一次了,只要一次就行——"崔莲一深深地看着我,"后来我才觉得,我当初也是没有必要,崔上校第一眼看见成蜂蜜的时候,我就知道,我从此不用在乎他对我满意不满意了,因为他全部的牵挂,都转移到了蜂蜜身上。"

那个曾经意气风发,凶神恶煞的父亲,在二十四小时之内,蜕变成了一个毫无原则,昏庸溺爱的外祖父。崔莲一也没有想到,从十四岁开始,和崔上校旷日持久的对抗,就这样轻描淡写地结束了——就好像雨停了,湖面平滑如镜,曾经的裂痕不过都是涟漪或者波纹而已,没有任何证据证明它们真的存在过。

蜂蜜三岁生日的那天,我很希望崔莲一可以邀请我和她们一起庆祝,但是她没有。她看似无意地对我说,蜂蜜的生日必须回姥姥家,跟崔上校和崔太一起过。有几位昔日的战友来北京旅行,顺便拜访他们,崔上校已经在自己家附近的饭店订好了包房——到时候会有六个退休老人给蜂蜜庆生。

崔莲一在抱怨,这六位老人家里有三位糖尿病患者,所以她只能订那种无糖蛋糕——但是那种蛋糕说到底还是不好吃的,她又怕蜂蜜会在饭店里闹起来……她认真地讲关于蛋糕的事情,顺便有些小心地扫了我一眼。

其实我已经很感激了,她在介意我的感受——并且给了我一个如此完美的台阶——生日聚会也是父母的旧友聚会,如此一来,我的确是不方便参加。不过我送了蜂蜜一样礼物:在他们那边的聚餐进行到差不多一半的时候,他们的包间就能收到派送过来的一个很小的蛋糕。其实只够两个人吃,但是依然写着"生日快乐"的字样。手机上显示派件已经签收的时候,我给崔莲一发了一条微信:"我送的蛋糕是糖分足量的,只给蜂蜜一个人吃,不建议糖尿病患者食用。"

崔莲一回复了我一个笑脸的表情。随后问我:"我该告诉他们是谁送的呢?是说我目前合作的导演?还是说我男朋友?"

我盯着手机屏幕,屏住了呼吸。

紧接着她的又一条信息进来了:"逗你呢,这几位叔叔阿姨连我已经离婚了都不知道,崔上校嫌丢人,不愿意告诉别人。不过,蜂蜜看到你的蛋糕特别开心,谢谢啦。"

我回复她:"不客气,女朋友。"

我送去的蛋糕,是一只巧克力做成的熊,准确说,是一只表情憨厚的熊的脑袋,熊头下面,有一只树莓组成的蝴蝶结,充当熊的领结。据说,蜂蜜很仔细地把这些树莓逐个吃完,然后胸有成竹地对她妈妈笑笑,指着蛋糕说:"是大熊呀。"

她真聪明。

不过我和蜂蜜很快就又见面了。那是一个星期五,原本我和崔莲一约好了一起看电影。但是在下午四点的时候,我却接到了她的电话:"别提了,"她声音里有难以掩饰的沮丧,"你还记得我爸那个战友吗?本来明天就要上火车回家,今天跟我爸他们打牌的时候,突发心梗,现在送去医院了,他家的其他人到北京要晚上八点了——就连苏阿姨也被我妈叫去给大家做饭,所以现在我得去幼儿园接蜂蜜,晚上也出不来了……"

"那你看这样行吗?"对话之间短暂的空白让我清楚地

听见了自己的呼吸声,"我跟你一起去接她,然后咱们带她去玩,再去吃饭,电影就不看了,我们吃点她喜欢吃的东西。"

"那就……她最近需要多吃点蔬菜。"她说。

我不知道她心里有没有斗争过,总之我听不出来,她的声音几乎是愉悦的,可能今天,她并不担心我和蜂蜜相处得过于熟悉了以后怎么办,就算只是今天不担心而已,也是好的。

我们带着蜂蜜去了朝阳公园。遇上了九月里难得的好天气,万里无云。崔莲一跑去小贩那里给蜂蜜买气球,我抱着成蜂蜜站在不远处等她。

成蜂蜜今天对我脖子上的喉结发生了兴趣,小小的手指试探性地戳了好几次。然后饱满的苹果脸略微扬起,用一种非常同情的语气说:"你生病了。"

"没错,"我笑了,"而且,喉咙里长出来一块乐高,这种病其实不太好治。"

"那怎么办?"她的眉毛巧妙地往下一垂,很认真地担忧着。

"哦，虽然不好治，不过也不是什么很严重的病，不要紧的。"

"要打针？"她的小嘴唇一抿，非常执着。

"这倒是不用。"

"还是去打针吧。"她开始劝说我了，一串蜂蜜版中文之间，我只听懂了这句。突然之间，她的注意力就转移了，苹果脸转向了另一个方向，小手指从我的脖子上移开，指着天空："是爸爸！是我爸爸！"

我还以为她爸爸死了——但我马上意识到了她是什么意思：天边有架飞机，平缓地移动着，隐进了远处的一朵云。

"你真了不起，"我只好这么说，"隔着这么远，你都能看出来这架飞机是你爸爸开的。"

她一本正经地绽放了一个坏笑："我爸爸会开飞机，你不会。"

怎么办？这是事实。我总不能告诉她我有CPA证书吧？那不仅对她没有意义，也显得我过于小气，但是我必须说点什么，于是我说："虽然我不会开飞机，可是我会动耳朵。"

紧接着我就做给她看，异常熟练，我小的时候，常常有好几个人围着我的课桌要我表演这个保留节目。隐隐能感觉到，我的耳朵在头颅的两侧轻微地摩擦着。成蜂蜜的眼睛睁圆了，小小的鼻头骤然就膨胀成了圆形，大气也不敢出地盯着我的脸——坦白说，即使在我小的时候，"动耳朵"这个技能也从没有收到过如此认真的赞叹。

"再一次。"她轻轻说，语气甚至有点怯生生的。我就继续表演。

"再一次。"这次的语气有点命令的味道了，说完她不甘认命地伸出手，摸摸自己的耳朵，像是在确认它们是否还在原处。

"再一次。"这回的语调变成了不相信，她必须再验证一回这种妖术究竟是怎么发生的。

"你自己试试看。"这次换我鼓励她。

她用力地拉扯着自己的耳朵，满眼都是火热的盼望："动了吗？可以了吧？"

"你这样不算数，你看我刚刚就没有用手吧？"

她有点委屈地把手臂放下来,这一次她整张苹果脸都在用力,眼睛被牵扯成了三角形,眉毛皱了起来,鼻子揉成了一团,就连两只冲天辫都些微颤抖了一下,可是耳朵依然纹丝不动:"可以了吗?"她期盼的样子让我心里一软,认真思考了一下,觉得还是不能骗她。

"我这么跟你说吧——动耳朵这件事,确实很多人做不到……"

她的脸庞再度奋力地撕扯出来那个奇怪的表情,然后不甘心地说:"我看不见耳朵,你就可以。"

"我只能看得见你的耳朵,看不见我自己的啊。"我愣住了。

"你看得见,你的耳朵才会动。"她坚定地点了点头,像是对自己的这个观点表示同意。

"怎么可能呢蜂蜜,我动耳朵的时候,跟你一样,我也看不见自己的耳朵。不照镜子的话,没有人能看得见自己的耳朵……"

"大人看得见!我不行!"蜂蜜生气了,随着嘴角下垂,苹果脸也跟着往下坠。

"没骗你,在这点上,大人和小孩是一样的,我们谁都看不见自己的耳朵。即使蜂蜜长成大人了,也还是看不见。"

"大人就是能看见。"她固执地坚持,"蜂蜜看不见,可是蜂蜜长成大人了以后,就不是蜂蜜了!"

原来如此,蜂蜜现在看不见耳朵,有些大人也看不见,但是长成大人以后的蜂蜜,因为不是蜂蜜了,所以那个不是蜂蜜的大人蜂蜜一定看得见自己的耳朵。

我张口结舌地看着她,我的确无法给她解释,长成大人的蜂蜜为什么还是蜂蜜。我同样不会解释,大人其实也很无能,即使已经是大人了,不可能的事情也还是不可能。也许我的表情已经困惑到不像是一个大人,所以她只好又一次摆动着小腿,再度踢我,而我甚至忘记了拦截她。

崔莲一拿着气球,远远地冲我们走过来。我只是在想——等成蜂蜜长大了,我还有机会告诉她今天这件事吗?关于变成大人的蜂蜜,到底还是不是蜂蜜——这个问题,值得有人替她记住。这是我头一回极为认真地想象,如果真的长久地跟崔莲一在一起，会是怎样的？

我确定，跟我相处的时候，崔莲一是开心的。我不能确定的只是，她是否更希望我假装成蜂蜜不存在？正因为拿不准这件事，所以很多时候，我都是在她主动提起蜂蜜的时候，才接着她的话头聊几句。可是成蜂蜜是一个如此鲜明生动的小家伙，我不相信有谁见过了她试图动耳朵，奋力挤压苹果脸的那个小表情之后，还能忘记她。那么，我究竟该不该让崔莲一知道这个？她会不会以为这不过是为了讨她一时开心的巧言令色？

那天晚上我问老杨：成为爸爸，到底是种什么样的感觉？

把崔莲一和蜂蜜送回家以后，我就径直去了老杨那里。我今天需要和老杨聊聊。杨嫂跟闺蜜出门聚餐了，客厅里虽然一片狼藉，但是难得安静——因为他的双胞胎儿子在隔壁房间聚精会神地打游戏。老杨一边寻找着开瓶器，一边回答我："这我可回答不了，我一下就成了两个小孩的爸爸。"我们相识十五年，他一直就有办法在我试图认真严肃地讨论一下人生的时候，轻而易举，让我觉得这其实毫无意义。果然紧接着,他就对着我面前那个柜子抬了抬下巴:"我说大熊……你去那个抽屉里帮我翻翻开瓶器在不在,一进门你就像个大爷一样坐在那儿……成为两个小孩的爸爸的后果就是,见不得一个成年人一动不动,不帮忙干活儿。"

这十五年,老杨刚好见证过我的两次婚姻,换句话说,我成年之后几乎所有丢脸的瞬间,身边都少不了老杨默默注视的眼睛。好在,大多数的耻辱时刻,他都会和我一起喝醉,所以我衷心希望酒醒之后他会忘记一切。我第一次结婚的时候二十四岁,硕士还没毕业,那个暑假我要回国实习,老杨是提前毕业荣归故里——老杨其实大我很多,但是在硕士班里我们是同学,我是在那边读完大学升了硕士,他则是在国内工作了好几年之后愤而辞职出来读书的,只不过他待了两年多,就又迫不及待地愤而回国了,声称世界这么大,原来哪里都是鬼地方。

我们几个人结伴去大理旅行,一行人里有我和老杨这样的老相识,也有不那么熟的朋友带来的朋友,其中一个初次见面的姑娘后来成了我的前妻。那几天我们玩得太开心了,虽然如今我甚至记不起大理到底都有什么景点，却依然记得当时那种喜悦。到了第三天夜里，在我们住的民宿的回廊上面，我和她并排坐着，我们脚边放着一提啤酒，她已微醺，我脸上有点热，就在谈天说地的时候她突然问我："大熊，你可以帮我一个忙吗？"

她要我和她结婚。

她放下一饮而尽的啤酒罐，抹了抹嘴唇，对我一笑，问我："可以吗？"她那个时候的笑容很好看，于是我说："行。"

除了我，没有人相信她嘴里的那个故事。她比我大五岁，那一年二十九。她的家庭比较复杂，总之她从小跟奶奶相依为命，与父母都不算很熟。她有一个相处了十年的初恋男友，从大学时代开始，就已经在奶奶眼前出双入对，不过就在她出来旅行的两个月前，他们分手了，过程惨烈，且不体面——然而奶奶并不知道，事实上奶奶经过了两度脑出血，记忆和语言功能已经严重损失，可是奶奶依然记得，九月是他们俩原本约定去领证结婚的日子。于是摆在她面前的任务便成了在九月之前找到一个替补队员上场。当然，结婚证上面的照片并不是那张奶奶看了十年的脸——只是她说,那个没那么重要,奶奶的意识大多时候都比较糊涂;以及,奶奶其实并不那么在乎这个人是谁,奶奶知道自己要走了,奶奶只是需要在远行之前能够放心。

我只能说,如果她是在编故事,至少这个故事我认为说得通。后来我才知道,因为我们火速地告别小团体回去她老家的民政局,我们那几个旅伴建立起来的小乌托邦迅速地分崩离析。老杨发了疯一样一脚踹翻了桌子,质问那个朋友为什么要不负责任地带来一个骗子,其余劝架的人纷纷在说公道话,这不能全怪骗子,老杨你带来的那个傻子也实在太好骗了,骗子一时技痒也是没有办法……然而那个时候,我已经跟着她去到了长江边上的某个小城,对着一个病床上面目模糊的老太太尴尬地微笑着。那间病房昏暗残旧,老太太用力地握住了我的手,她已经不能说话,在她试图更用力一点的时候,她枯瘦的手指却不听话地颤抖着松开了,于是我知道,她的一生一定因为吃过很多苦,所以无比漫长。

是的,有人问过我,为什么不能说服我的第一任前妻去做一张假的结婚证。我当时是这么想的：伪造证件是违法行为，但是跟一个不怎么认识的人结婚，是法律赋予我的权利。后来我们一别两宽，没什么联系，再度见面是一年后了，我跟着她回去操办奶奶的葬礼，然后又到那个民政局领了一张离婚证。她终究还是遵守了约定。所谓无知者无畏，指的大概就是那时的我——我甚至从没想过万一她反悔了坚持继续把合法夫妻做下去，我又该怎么办。

老杨给我面前的杯子倒上酒，跟我说："欸，特别巧，上个月我在首都机场候机楼里碰到了吴鹏。"

我茫然地看着他。

老杨笑了："忘啦？人家可是你第一个老婆的介绍人。"

对了，就是那个被老杨一脚踹翻桌子的同时，跟着一堆盘子、酒瓶一起滚到地上的倒霉朋友。老杨撕开一袋开心果，让它们倾巢而出："那天我们俩的航班都晚点，我们坐一块儿聊了不少。听他说，岳榕这些年过得不太好，她有没有和你联系过啊？"

我摇头，我似乎早就删掉了她的微信："最后一次有她的消息是五六年前了，我只知道她那时候在上海。"

"早就离开上海了，回去过一段时间老家，说是回老家去开淘宝店，赚过一点钱，还跟她们老家一个土财主结婚了——哦，吴鹏当时正好在武汉出差，还被请去喝了喜酒，说是只是办几桌酒交代一下亲友，并没有真的领证。"

我不知道该不该笑，但是——"哦，当初我们俩结婚的时候，倒是反过来的，有证书，没喜酒。"

老杨翻了个白眼："幸亏她在法律上，跟那个人没有夫妻的关系。没过多少日子，那个土财主要跟人合伙开发她们老家那边的楼盘，房子还没盖好，资金链就断了，现在人被抓了，不知道会不会以非法集资的罪名起诉。还好他们不是夫妻，她没有连带的债务。不过吧，你也知道，那种小地方……追债的人就在她家门口打地铺，她实在待不下去了，说是在后半夜沿着三楼的水管爬下来，才偷偷地离开的……"

我不知道我已经把面前的杯子喝光了，又端了起来，直到喝了一口空气，才尴尬地放下。

"喂，你跟我说老实话，"老杨认真地看着我，"她真没有来找过你?"

"没有!"我继续给自己倒了半杯,酒瓶即将见底,"已经太多年没联系了,而且她找我干什么啊?我们俩当年去结婚的时候其实都没什么话说……"

"她从老家跑出来以后借住在大学同学那里,跟吴鹏借过钱,她把她认识的人几乎都借遍了——你说谁敢帮她?我听吴鹏说话的时候我就在想,她怎么可能不去找你……欸,我可严肃地跟你说啊,你不准借她钱,你不准再跟她有任何牵扯……"

"真没有。"我有点烦躁了,"我知道你不信,可是她其实不是那种不要脸的人。"

"可是你对不要脸的判断标准,跟正常人又不一样。"老杨长叹一声,"我承认她的命不好,可是可怜之人——百分之八十五都有可恨之处……"

我笑了:"倒还挺严谨。"

"她现在就已经一步一步地从可怜往可恨的方向走了,"老杨扫了一眼窗外的夜晚,"一切都不是没有缘由,一个人变得撒谎成性一点脸都不要,有时候只需要两三个星期。"

"不是,"我忍无可忍,"这种数据都从哪儿来的——"

老杨完全不理会我,独自继续:"你现在过得不错,可是她快要山穷水尽了,只要想起来你这块肥肉,她就不可能放手。我为你好,好不容易你现在遇到莲一了,不能让那些乱七八糟的人和事打扰你们俩,何况还有一个那么小的小姑娘,我多羡慕你啊,要是你跟莲一真的成了,你就有了个女儿,你知道这两个臭小子每天吵得我头都要炸了,看见别的爸爸带着女儿我就恶向胆边生,你说你何德何能……"

按照我的经验,现在我可以走神了,当老杨略微激动地把酒杯一放,双手开始自由地在空气中飞舞,他就自动进入了单口相声的语境,比如开始乱用成语。我可以趁这个机会随便想点自己的事情,想什么都可以,哪怕和自己脑子里那一片空白安静地待一会儿都好。直到老杨另一声质地与单口相声完全不同的怒吼把我拉回来:"我靠,已经十点半了!"然后老杨飞速跳起来,我目送着他冲进隔壁那个双胞胎打游戏的房间,他的吼声清晰可辨:"我数三下,你们俩给我起立!

妈妈马上就要回来了你们自己看着办……"类似"妈妈要回来了"这种恐吓的确管用,我已经见过无数次。

十五分钟后当杨嫂进门,她看到的客厅是一个宁静如常的夜晚。所有的垃圾都已清理,外卖的肯德基全家桶包装已经被我火速扔到了楼下的垃圾区。老杨放了一缸热水,我协助他把双胞胎强行脱光了丢进去。一声门响,然后是杨嫂熟悉的脚步声,餐桌已经很干净了,只遗留了两个酒杯,老杨还自作聪明地点了一个香薰蜡烛。双胞胎里的老大小饱已经被塞进了被子闭目装睡,老二小眠暂时被裹在浴巾里,被他爸爸胡乱地擦着。而我在厨房清洗着堆积成山的碗碟……

"大熊,你快放下。"杨嫂的声音依旧清亮并且中气十足,"明天上午阿姨就来上班了,放着就好,老杨也真是的怎么这么不懂事呢……"

我回身笑道:"老杨还不是怕你骂他。"

其实何止是老杨和双胞胎,有时候我都怕她。她不由分说地走上来把盘子从我手上夺走:"别跟我抢啊我可跟你说,我今天刚做的美甲,你就让我省点心,给我放回去……"

我只好照办，一边略微尴尬地说："不止美甲，我看这头发的颜色也是新弄的吧，杨嫂简直光彩照人。"

杨嫂果然笑得春风得意："我看见了桌上的酒还有一点点瓶子底，不如这样，我索性再开一瓶，咱们三个也好久没喝几杯了。反正你明天应该也没什么事……"

任何人都很难对杨嫂说"不"。如果有，我希望有人能介绍我们认识一下。

那天我终于从老杨家走出来的时候，已是凌晨一点。我散了架瘫在出租车的后座，酒后的深夜容易让人丧失对时间的感觉。其实有一段时间，我经常在老杨家喝到大醉，万幸我是个酒品不错的人，醉了以后就看准那张客厅里的沙发栽进去。那是我第二段婚姻阵亡的时候——虽然法律意义上的结束是两年多以后。至于我的第二次婚姻，没什么好说的，就是人们在生活里司空见惯的那种失败。

分居以后我经常睡老杨家的客厅——那个时候还不是这套大平层，房子比现在小得多，且是租来的。醉卧客厅的次数多了，杨嫂自然是对我没什么好脸色，其实我知道，她那些年一直不太喜欢我。那是2011年底,老杨刚刚开始创业,没日没夜,常常出差,就是在某段航程中,手机开了飞行模式的时候,没有接到杨嫂打去的那个此生最重要的电话:他们即将迎接一对双胞胎。那段时间里,他们夫妻本着废物利用的态度,拜托我一次次开车载孕妇去产检。杨嫂是高龄初产妇,双胞胎本来就需要更多的关注——所以杨嫂去医院的次数远远多于别的孕妇。久而久之,我们俩对于路人的误会便也安之若素。有一次杨嫂被诊断为胎盘前置,两周以后证明是虚惊一场——在见证完这整个过程之后,我跟杨嫂就彻底义结金兰了。

当然,除了共同战斗过,或许还有一件事情也让杨嫂对我的印象有了改观。我陪着她断断续续地刷《甄嬛传》,居然分清了哪个是安陵容,哪个是沈眉庄。

双胞胎已经六岁了,岁月并不是完全没有声音,就像车轮摩擦过凌晨路面的呼啸声。司机沉默得如同死神,我想多加一点钱,让他直接把我载到自己的墓碑前面。我也想看看,那上面刻着什么。

那上面是否会有一个未亡人的姓名。

我想起了若干年前的岳榕，微醺的她看着我笑了，她说你可以帮我一个忙吗？我需要有个人和我结婚。那时候我们真是年轻。我们站在那间残破的病房里，靠近天花板的一角有墙皮簌簌地跌下来，在奶奶抓紧我的手的时候，我抬起头看了岳榕一眼。她原本正在盯着我的侧脸看，突然视线对上了，急匆匆地冲我一笑。她原本看我的目光有种愤懑，有种不甘，害怕被我发现，于是笑容里充满了讨好，奶奶的手松开了，无力地垂下来，小心地抚摸着被单上那两本鲜红的结婚证。她的视线跟着奶奶的手指滑下去，哀伤地垂下了眼睑，她说："大熊，你愿不愿意……"我问愿意什么。她沉默片刻，然后仰起脸，刚刚隐约浮现的自我嫌弃已经收拾好了："没什么，你愿不愿和我去我小学对面的那家店吃东坡饼？店面很小很脏，可是你绝对不会后悔的。"我们俩心里都清楚，我是真的做过几分钟丈夫，她是真的成为过几分钟妻子，只不过全是在那间病房里。

熊漠北你到底图什么？所有的人都笑话我，都把这段故事当成一个傻小子莫名其妙的见义勇为，或者见色起意。老杨更是笃信我们应该是一夜情了，然后岳榕拿住了我的把柄。我没有告诉过任何人真实的理由：我喜欢上她了，以及，我知道这终将过去。帮她一个忙，是我心甘情愿的。只不过我不能让任何人知道我喜欢她，包括她本人。如果那天在病房里，她真的问我"你愿不愿意从此跟我假戏真做一下，正式相处看看"，恐怕我依然会回答不。当然了，不必自作多情，她起初的问题未必是这个，不管她最初想问什么，我都感激她最终替换成了东坡饼。

我没有办法说服老杨。此刻她已经走到这么艰难的一步了，她也没有求助我，她是个有尊严的人。即使在别人眼里她早就是个笑话。

我的手机就在这时响起了一连串的微信提示音，极为密集，此起彼伏，我心里一沉，如此多的信息集中爆炸，也许是公司里出了灾难性的事故，才导致群聊沸腾的。然而当我滑开屏幕，却看到十八条未读信息全部来自"崔莲一"。

崔莲一发给我十八个表情图标。有一坨流眼泪的面团，还有一只原地打转的熊猫，一个有眉眼的甜甜圈，一只掀翻饭桌的胖老虎……对话框拉到底部的时候我回复了一条：蜂蜜？刚刚发出去的时候我才突然想到，她不一定认字，于是我发了一条语音，我说："蜂蜜，是你吗？你怎么还醒着啊。你妈妈呢？"

片刻之后，一条新的表情图标发来了，是一个月亮，月亮闭着眼睛，图标下面的字是"睡了，晚安。"蜂蜜不会打字，但是她在回答我。她的意思是说，妈妈已经睡了，我懂，原始人使用象形文字的原理跟这个差不多。

那个闭着眼睛的月亮让我心里特别柔软。

于是我跟她说："妈妈睡着了对吧？那你也闭上眼睛，你这么晚不睡觉会长不高的。"我非常本能地把小时候外婆跟我说的话重复了出来，应该是某种肌肉记忆。发出去我很认真地握着手机等着，蜂蜜静静地没再回复，司机依旧沉默，我们还没有到目的地，即使终点真的是我的墓碑，我也愉快地接受了，至少我在微醺之际，看过了一弯如此无邪的月亮。

半个小时之后崔莲一本人回复了我："天啊，今天我睡得晚,刚才到厨房去煮夜宵,才回房间。我怎么不知道她醒来过呢?也没有尿床啊。她一定是翻到了我的微信对话列表,列表上第一个就是你。"然后她发来一张照片,成蜂蜜酣畅地熟睡在一片温暖幽暗的灯光里,四脚朝天,两只小拳头摆在脑袋两侧——她没有手腕,拳头直接嫁接在胖胖的胳膊上,还有一条缝。

就好像,刚刚的那场象形文字对话,不过是我的幻觉。

所以崔莲一在入睡之前,最后一句话的确是和我说的,她说:晚安。

三

我该怎么形容刚刚遇到崔莲一时的那种惊喜？如今我最清晰的记忆是，那是一个三月末的下午，像自然灾害一般的北京杨絮刚开始飘飞，阳光甚好，至于是不是碧空一片——我是真没注意到。我在咖啡馆里等着老杨，当时店里人不多，两张空桌子之外，一个三人桌边，坐着三个女人。我并不是有意要偷听她们说话的，只不过是在听见的同时马上理解了她们说的内容。

她们好像在讨论其中一个人的小说该如何改编成电视剧——在北京某一些特定区域的咖啡馆里，听到这样的对白完全不新鲜。坐在最中间的那个应该就是小说的原作者，坐她旁边的那位应该是她的编辑或者工作人员，另一个声音应该来自制片方。工作人员的声音带着某种不动声色的世故："我可以推荐一个编剧给你吗？当然你要是觉得他不好可以不用……"来自制片方的声音明亮而愉快："没问题，先让我看看他写的东西。"你来我往，两个人的语调都非常的客气。坐正中那个女作家的声音虽然也很客气，不过总带着一种微妙的做作。女作家非常有教养地说："……我知道这个情节真正落实到剧本上可能需要改，但其实生活里不就是这样的吗？你们说一个男人该怎么报复一个女人？真的说不好，女人和女人的差别真的太大了，或者说你很难总结出来一句或者几句话……但是一个女人要怎么报复一个男人？就在他特别脆弱的时候给他戴绿帽子，这是绝对管用的呀。"片刻寂静后，其余二人爆发出一阵大笑，连经过我身边的服务生都惊悚地回身看了一眼。

我震撼地抬起头，一左一右的两位还在笑，女作家已经换了一个更悠闲的坐姿，一脸心满意足。她就在等着这个，就连服务生有点被吓住的表情都在她的视线范围之内，且更加让她怡然自得。——我为什么知道这件事呢？因为我小时候是一个极度害怕别人注意到我的人,不是自卑,没什么原生家庭阴影,只是单纯地生理排斥一群人注视着我的目光。所以我很早就会辨认一群与我截然相反的人——当周围人都将注意力投射给他们的时候,他们的眼神就像是呼吸到了雨后混杂着青草香味的空气。

女作家微妙地扬起下巴:"服务生,我再来一杯热拿铁。"三人中最左边的那个女人立即站了起来:"这边必须到前面收银台点单,我去,雪夜老师要热拿铁,还有呢……"她轻微地转了一下身子,我正好看到她的侧脸。

那就是我如今已经看过很多次,但是依然爱看的,崔莲一的侧脸。

我其实特别不会形容一个人的长相,比如说,我没办法立刻回答崔莲一漂不漂亮这种问题。我只能说,我敢打赌老杨就不会觉得她漂亮,但对我而言她就是漂亮的,只不过漂亮得刚刚好。她的头发极为浓密,松垮随意地盘了一个发髻,盘得像少女那么高,露出脖子和两侧肩膀完美的线条——是的,就是这几条线不只是刚刚好,而是鬼斧神工。窗外的光线在她衬衣的袖子边缘勾出一个轮廓，她对那个女作家的工作人员笑了："你坐着，就让我来，本来就应该这样，干吗要替我的老板省这几杯茶钱呢……"

她说话的语调听起来是个看重事实，不过分渲染自己感受的人——我担心我此刻已经不够客观了。当然不能一直盯着那张桌子看，不过虽然我把笔记本电脑屏幕放在面前，依然能隐约知道，她从收银台点完单子回来了，那个完美的肩膀像一滴雨水一样，轻盈无声地落在电脑上方的边缘处。老杨突然出现了："哎呀，大熊，等好久了吧……"我没想到她突然转过了脸，我心重重地跳了一下，看似若无其事地转向老杨，却见老杨一脸惊喜地望着别处："莲一……哎哟，怎么今天这么巧啊！"

她回应了老杨的热情邀请，在我们的桌边坐下的时候，老杨坏笑着瞟了我一眼。等她重新回到她们那桌以后，老杨整个人放松下来，坏笑得肆无忌惮："怎么样怎么样，我今天约在这儿可全都是为了你……你杨嫂专门说千万别太刻意弄得像相亲一样，她们今天约在这家店还是前两天杨嫂给她推荐的……偶遇已经给你制造了,下个周末我们双胞胎过生日啊,杨嫂已经请了她,你要是觉得合适,下周日跟人家要一个微信是正好的……你看看我这良苦用心,熊漠北你自己说……"

我喜欢上了一个老杨和杨嫂希望我喜欢的人。这就是崔莲一给我的最完美的礼物。虽然我羞于承认,可是这么多年来,我潜意识中一直知道一件事:如果什么东西是让老杨和杨嫂喜欢的,那么这样东西本质上一定可以取悦世界,如果暂时还是出格了一些,那么假以时日——不需要太久,依然取悦得了。老杨见过我的每一位前任,无论前女友还是前妻,每次都是轻轻叹口气:"行吧,你喜欢就好。"每到这时,虽然我并没有多么在乎,可心里还是一沉,因为世界又一次地派遣老杨来吹哨:不对,又错了。

当然老杨会用他自己的方式表达这件事情,他会说:"熊漠北,你说你勉强也算得上是个青年才俊,"说出青年才俊这四个字的时候表情格外痛苦,"可是你谈恋爱的时候能不能不要那么较劲?明明跟你不是一个世界的人,你就是费死劲了两个系统它也不能兼容，跟你说过一百次了，如果真的是一个适合的人，也许你最初不喜欢，但是相处一段时间你不可能不喜欢的。没有人真的不喜欢特别适合自己的人或者东西，只不过是不相信自己只配得到那个而已，这都叫妄念啊兄弟（dèi）！"

你看，都在说中文，我指的"取悦世界"里的"世界"，和老杨说的"不是一个世界的人"里的"世界"，指代的完全不是一个意思。可是崔莲一出现了，两个人口中南辕北辙的"世界"就在她站起身回头一笑的那个瞬间暂时合二为一。就好像有人在我意识深处近似无声地拧亮了一盏灯。整个人间幻化成为一只微微扇动着翅膀的燕尾蝶，我像童年时代那样屏住了呼吸，我只想压低了声音问一句：世界是不是已经原谅我了？我是不是已经原谅自己了？所以崔莲一才会对我说："熊漠北，其实我挺喜欢你的。"

蝴蝶终究还是被惊飞了，她在下一秒钟告诉我她有成蜂蜜。成蜂蜜就是楚河汉界，把我们两个依然划分到了不同的纪元里。我又一次地爱上了来自不同世界的人，即使这个人在老杨夫妻那里都获得了认同。说到底,老杨和杨嫂,并不是火眼金睛。不对,我犯了个逻辑错误,老杨和杨嫂也是父母——所以当他们看到崔莲一的时候觉得她跟他们有种亲近感,就自然而然地划在了同一边。

她并没有想好该怎么接纳我。

那么我想好了吗?

我向来是个走一步看一步的人——更准确一点讲,很多时候我不太知道自己在想什么,我甚至说不清楚我自己的某些感受——无法转化成语言的东西自然不那么容易存在,然后我就允许一片混沌停留在那里了。又过了一段时间——我第三次见到了蜂蜜。这次是什么原因,导致崔莲一必须带着她出来,我已经忘记了。或许没有什么特别的缘由,仅仅是崔莲一觉得,可能见三次面还不至于导致蜂蜜和我之间过分熟稔;也许是那一天她确实需要一个人给她打打下手,跟她一起伺候着蜂蜜殿下。蜂蜜倒是已经把我当成了一个熟人,至少远远看到我的时候,会憨憨地张开双臂跑过来:"大熊——"当我也无比热情地冲上去把她一把抱起来的时候,她就原形毕露在奋力地摆动着小腿，踢我一下。而我，已经习惯了若无其事地暗暗发力，用我的胳膊从不同角度拦截她。当她真的以迅雷之势踢到了我的肚子或者手肘，她会得意地一笑，教导主任终于抓到了谁没戴红领巾。当然我们之间还是有个默契，这种角力要避开崔莲一的视线。因为当崔莲一开始维持秩序的时候，就不再好玩了。在我们短暂相处的几个小时里，乐此不疲地重复这样的游戏。

如果她某次没有成功地踢到我，自然会恼羞成怒，小手在我的胳膊上用力掐一把——我随她去，反正不疼，她泄愤完毕之后，我们就能愉快地玩耍一会儿。当然十分钟后我有可能再度惹到她，伴君如伴虎，蜂蜜殿下的情绪，揣测不好也是常态。但是我想，她恐怕是已经忘记了最初为什么要踢我，仪式一旦形成，它的过程总是比起源重要。

于是我忍不住问她："蜂蜜，你觉得我算不算是你的朋友？"那时候她刚刚从小睡中清醒，奶嘴还在嘴里，像一朵上下浮动的牵牛花。她茫然看了我一眼，奶嘴静止了片刻，她清晰地回答我："不算。"我有点不服气："就因为我不让你踢我,所以你就不和我做朋友吗?"话一出口我就自问,我是从什么时候起变得这么卑微的,然后成蜂蜜又补充了一句:"你算同学。"我愣住了:"你的意思是说,幼儿园里的同学?"成蜂蜜用力地点点头。但我转念一想,我跟我小学时代的同桌好像真的有异曲同工之处,为了划定两张课桌的分界线,我们用尽所有力气和技巧去撞对方的胳膊肘,在不和对方说话的情况下互相交换杀气腾腾的眼神……这时崔莲一大笑了起来,她说:"你看,熊漠北,在她眼里你和她是同龄人。"

我只好配合她,用一种尴尬的同龄人的口吻问:"蜂蜜,你是怎么做到一边含着奶嘴一边说话的,你能教教我吗?"苹果脸微妙地倾斜了一下:"不行,奶嘴不能借给你,你有细菌。"其中"细菌"两个字被她煞有介事地拖长音强调,听上去特别尊重科学。崔莲一解释着:"她的意思是说,如果要教你就必须让你把奶嘴含着做练习,但是……"其实我懂,渐渐地,我已经掌握了一些蜂蜜版中文的诀窍了。正是因为她会的词少,这才迫使她必须更加有效率地使用它们,她不得不把她会说的词尽可能地用在她需要的地方，反倒造成了某种还有点好笑的准确。比如刚刚我推她荡秋千，她兴奋得鼻子尖冒出细细的汗珠，我问她还想不想再荡得高一点，她非常认真地回头跟我说："我一边需要再高一点，一边害怕着。"——一个奇怪的句子，可是我非常明白她。我笑着说蜂蜜你怎么那么聪明啊……但其实我不该笑的，秋千停稳以后，她果然趁她妈妈去洗手间，愤怒地给了我一拳，因为我嘲笑了她。而我从来没有在类似的时候像个长辈那样严肃地告诉她打人是不对的……好吧，我承认我其实是忘记了我可以那么做，我果然是同学，蜂蜜没有说错。

崔莲一会非常纯熟地把成蜂蜜抱起来，整个人小小地，被崔莲一捧在腿上，然后她就开始肆意地揉搓成蜂蜜。成蜂蜜在大多数时候配合默契，把她的苹果脸在崔莲一的衬衫上蹭来蹭去。"我的蜂蜜怎么会这么可爱啊，必须要使劲捏一捏……蜂蜜是小居居……"崔莲一的声音压得很低，似乎她也觉得说这种话有些羞耻，蜂蜜从她的手臂之间，像是游泳的人那样奋力探出头，崔莲一自然最看得出蜂蜜什么时候丧失耐心，会在一个恰当的时候在那张苹果脸上印下一个吻，然后放蜂蜜自由。蜂蜜无邪地说："妈妈，买棒棒糖……"那位慈母的声音更加温柔："这可不行宝贝，你今天已经吃过了。"

我在一旁静静地看着她们，我又一次地确认了，此时此刻，她们俩身处在另一个时空里。密不可分，浑然天成，似乎只要有蜂蜜在，崔莲一完全不会害怕失去我。但是我没有办法印证。或许，说我总是爱上来自不同世界的人，未必准确，我真正爱的，也许是一个又一个擦肩而过的"不可能"。

我没办法跟任何人表达这个。

话说回来，我在老杨家其实也见过很多次类似的场景。杨嫂突然间搂住双胞胎，不管不顾地，左边亲一下，右边亲一下，伴随着双胞胎此起彼伏的尖叫声。可我从未有过任何意义上的感动，我只觉得吵闹。

"我也挺矛盾的，"某个夜晚，只有我们俩的时候，崔莲一这么说，"有时候我觉得不应该让蜂蜜跟你熟起来，这样万一我们之间真的有了什么问题，也只是你我之间的事儿，比较简单；可是有时候我又觉得，蜂蜜跟你在一起的样子，还真的挺好的……你好像总是很容易就能明白她的意思，这其实很难得，你又没带过孩子。"

这或许是因为，某些方面，我的心智和蜂蜜的差不多，不过我没有说出来。她的脑袋歪在自己的胳膊里面，软绵绵地靠在吧台上："算了，其实我今天有点累，白天我跟爸妈吵了一架。"

"为什么？"

"他们要回老家去把那边的房子卖掉，据说是今年涨得很夸张，然后要把钱给我，让我拿去付个首付安定下来，我不愿意，就吵起来了，这次崔上校倒是没有怎样，是我妈——我妈也真是匪夷所思，我不要他们的钱她也骂我，说我自私，只想着自己轻松，完全不考虑蜂蜜需要一个安稳的家——我实在累了。"她嘲弄地扬起嘴角。

"给你钱你就先拿着，哪怕到手了再吵呢。"我只是想逗她笑一笑。

"不是那么回事儿，"她果然真的笑了，"你看啊，我好不容易,才算是适应了现在的生活,蜂蜜婴儿时候最狼狈的那段日子过去了,我的工作算是暂时站稳了,现在的收入养自己和蜂蜜完全没有问题,我们甚至可以活得不错——我不想在这个时候背房贷,等于又像是套上了一副新的缰绳不得不转圈,你又不是不知道北京的房贷是多恐怖的一件事,搞不好蜂蜜的整个童年就献祭给那套房子了——我让他们自己把钱留着别管我,我妈就生气了,每次都是这样,话题总会归结到——蜂蜜怎么这么可怜,已经没有爸爸了,还摊上一个连供房子这样的辛苦都不愿意承担的妈妈……我跟你讲事情的本质就是,我根本不觉得只有买来的房子才是自己的家,但是我妈是死活都理解不了这个的。"

"你这么想,其实这也不是坏事……"这句话我倒是真心的,"至少,他们在替你计划着怎么带着蜂蜜自己安稳下来,不再整天劝你跟成机长为了孩子复合了,这怎么说都是进步,你也讲点策略,慢慢来。"

"哦,这件事,必须承认,是崔上校帮了我大忙,不然我妈不会放过我的——"她终于开始神采飞扬,"崔上校一开始也想我为了孩子重新和蜂蜜爸爸过日子,直到有一天,他跟他的退休飞行员圈子一起去旅游了三天,回来态度就彻底变了。他说他打听到了,成机长作为飞行员,技术的进步其实很慢,这辈子到头也就是熟练工而已,绝对没有可能成为他曾经期盼的那种——飞行员,你能理解他的意思么,他还跟我说,你总不能跟一个业务水平差我这么多的人过一辈子吧……"

我们俩同时大笑了起来。她的笑声清脆得就像弹落在叶子边缘的雨滴。而我,则是开始真心佩服起这位从未谋面的前任空军上校。崔莲一抹掉了眼角笑出来的一点泪珠:"我爸他——确实专断,可倒是并不糟粕。"

"是不是因为成机长出轨?"在这种突如其来的安静瞬间,问问类似的问题,是无妨的,"我是说,你们离婚。"

她惊愕的表情,就像成蜂蜜盯着我的耳朵那样:"也许有,也许没有,我不知道——我那个时候只是确定,跟这个人白头偕老的一生是很可怕的。"

我懂。能说出口的理由,都不是真的理由。伴侣之间,有很多比出轨糟糕太多的事情。

"那你呢,第一次就不提了,你上一次离婚,又因为什么……"她一边咬着杯子上方的吸管,一边有点不好意思地直视着我。

"我说了你不准笑我。"

"发誓,绝对不笑。"

"我希望和我一起过日子的那个人,可以喜欢我。但是她不行。"这句话如此羞耻,之前我一直都用别的理由搪塞所有人,比如她想移民但是我不想之类的。其实就在一秒钟之前,我都犹豫过,不然就说是她不想要孩子但是我想要,也很合理。可我还是第一次,真的说出了事实。

"她怎么可以不喜欢你!"崔莲一像是被自己坐的那把椅子绊了一跤,弄出不大不小的噪音,"她知道自己想要什么吗?"她毫不犹豫地伸出手,开始轻轻摸摸我的脸颊,"你是从一开始就知道她其实不喜欢你,还是后来才慢慢知道的?"

"一开始就知道,但是不相信——后来,只能慢慢地相信。"

"那你记得,我喜欢你。不管以后发生什么事,你都不要怀疑这个,记住了没有啊?"

彩云易散,琉璃易碎,世间好物,大多如此。但你还是必须见过它们。"见过"和"没见过",就是不一样的。我见过了彩云未散,我见过了琉璃完好,我也见过了崔莲一的手指滑过我的嘴角,用一种含着歉意的眼神看着我,然后跟我说,一定得记得她喜欢我。于是我就得到了所有我未必应得的安慰。其余的事情就剩下提醒自己,这不是结局,绝大部分结局不可能如此,我应该心平气和地面对所有的魔法褪尽的时刻。

四

"大熊叔叔，生日快乐——"微信的语音信息里，难得传出来蜂蜜如此热情乖巧的声音，那团软软的声音就像是棉花糖在那个机器里缓慢地滚成一朵云，一阵惊喜导致我在一瞬间开始犹豫，我该回复她什么，只说谢谢是不是显得太没有诚意了……然而那条语音信息并没有结束，几秒钟的空白后，成蜂蜜的语气恢复了平日的冷静和认真："我说了，你们今天会给我吃冰淇淋，对吧？"这句其实没说完，信息就被人急急地掐断了。没事，即使有冰淇淋的诱惑，我也相信蜂蜜祝我生日快乐是有诚意的。

其实几个小时以后我们就见面了。我坐在餐厅的一角，等着其他人的到来——从我成年以后，这应该是第一次，邀请了一个儿童参加我的生日宴。服务生撤走了我们这桌的一把椅子，换上了宝宝椅，这是蜂蜜的王座。一共只有四个人，除去蜂蜜，就是我，崔莲一，以及休假归来的苏阿姨。苏阿姨不多说话，你甚至很难从她脸上看出来她是否高兴——她牵着成蜂蜜的手，远远地走过来，俨然是铁面瘟神带着一只狐假虎威的小鬼出来巡山了。我也觉得奇怪，被苏阿姨牵着手的蜂蜜，和被她妈妈牵着手的蜂蜜，有一些微妙的不同。

崔莲一先拉开我身边的一张椅子，把蜂蜜的双肩小书包和她自己的背包放下，然后又犹豫了一下，把两个包都放在了相邻的椅子上，直接坐在了我的旁边。今天她是打扮过的。她这件衬衫，和领口处露出来的项链坠子，都很美。服务生弯腰指点着我面前摊开的菜单，给我推荐一道招牌菜："您看，就这个，分量特别适合像咱们这种小规模的家宴……"

"家宴"两个字一落地，我抬头望了一眼崔莲一，没想到她也在这个瞬间扬起睫毛看着我，眼神撞个正着的时候她甚至有点慌乱，我及时地把脸转向了服务生："好，就来这个，然后让女士点吧，您帮忙推荐一两个适合小朋友的……"崔莲一也同时打开了菜单,细长的手指轻轻地落在大闸蟹的图片上。

王座里的成蜂蜜又开始有了新的诉求,"我不洗手,不洗手……"一边宣布,一边愤怒地晃着四头身,宝宝椅跟着微微摇晃,显而易见,洗手是一件有辱大节的事情。苏阿姨不慌不忙:"不洗手的话,这个阿姨不给饭前不洗手的客人上菜,大家都只能饿着,阿姨您说对吧?"随即苏阿姨认真地看着服务生,依旧没什么表情,但是目光中自有一种说不出的压迫,服务员愣了一下开始配合:"对的,小朋友,不洗手是不能上菜的。"蜂蜜愤懑地环顾四周:"要看鱼!先看鱼!"崔莲一恰到好处地抬起头给我解释,"我们之前来过这家店,每次蜂蜜都要到前边去看他们的鱼缸。"

"这个好说。"我抓住那只愤怒的小手,问她,"我先带你去前面看鱼,看完了,你得洗手才能吃饭,能成交吗?"她认真地思考了一下:"让我和吹风机玩一会儿。"崔莲一继续解说:"她的意思是烘手的机器。"此刻苏阿姨爽快地回复了:"可以,今天可以和烘手机玩两次。"

当蜂蜜站在硕大的鱼缸前面，迅速就安静下来了。刚刚那个愤怒的小人儿被遗留在连环画前面的那页。她的小手按在鱼缸上，我试图阻止她把鼻子也贴上去。鱼缸里的鱼逡巡来回，对她视若无睹。但是她好像完全不在乎自己是不是能得到回应，她维持着同样的姿势一动不动了很久，视线追随着鱼的轨迹，我已经开始觉得厌倦了，但是她还是一样地专注，只不过把两只小手从鱼缸上挪了下来，鱼缸的玻璃上残留着两只类似猫爪的痕迹。"蜂蜜，"我问她，"你能不能告诉我，你在想什么？"她转过脸，笑了，因为有那么一点点不好意思，让她的笑容看起来像个大孩子："我……我在指挥交通。"

"明白了，刚刚这条，就这条白色的，它左转了，是你让它转弯的。"

她羞涩地点点头，似乎自己也明白这不大可能。她这时候的表情，跟崔莲一一模一样。

那天整顿饭蜂蜜都很乖，非常配合地去洗了手，非常安静地吃饭，几乎没有玩食物，甚至得到了上菜服务生的由衷赞美。崔莲一笑着说幼儿园果然还是管用的。而我却有种得到了鼓励的感觉，我总会觉得，这说明蜂蜜已经越发地习惯跟我待在一起，慢慢地一定会当我是自己人中的一个，我和崔莲一之间的联结会因为蜂蜜越来越牢固……崔莲一说蜂蜜从出生到现在，几乎从没有吃过冰淇淋，只不过有数的几次，小勺子挑起来一点，让她尝过味道。蜂蜜的姥姥和苏阿姨在这个问题上出人意料地达成了一致——小孩子的肠胃不可以被那么凉的东西刺激。崔莲一讲述这个的时候也是有点无奈，不过，现在蜂蜜已经满三岁了，于是妈妈答应了蜂蜜，今天借着给大熊叔叔庆生，允许蜂蜜独自吃完一支蛋筒。最后一道菜上完了，我自告奋勇地站起身，我要去隔壁的甜品店里给蜂蜜买蛋筒——蜂蜜此生的第一支冰淇淋，从此就是我买的了。

可是直到今天，我想起来这件事，都会后悔。

我举着一支完美无缺的蛋筒冰淇淋，香草口味的，一路从甜品店跑回到了餐厅里。感谢十月初的天气，刚刚好，我跑回去的时候冰淇淋没有丝毫变化。远远地就看着，蜂蜜的眼睛就亮了。我们小心翼翼地做了交接，蜂蜜的舌头已经伸到唇边等候着，她终于让两只手一起抓住了蛋筒，迟疑片刻，终于舔了舔冰激淋最顶端，那个往回倒钩了一点的部分。"谢谢。"她极其有礼貌地矜持着，幸福已经让她的苹果脸看起来更加饱满多汁。然后她在冰淇淋上，又小小地咬了一口，"真凉呀，大熊。"

热带长大的人第一次看见下雪，应该就是这样了。蜂蜜从小是城市小动物，估计没怎么见识过大自然，可是对她来说，一样的，眼前这个曼妙回旋着的蛋筒就是造物的奇迹。

然后我就去收银台那里买单了，排了很久的队，主要是排在我前面的一位大哥因为开发票的事情还吵了很久，最后的结论是确实开错了，需要重新开。我扫码的时候，大厅里传来一阵恐怖的哭喊声，我吓了一跳，当小票从机器里慢慢地挣扎出来，那阵哭喊还在继续，而且变得无助甚至凄厉，我是听见了崔莲一的声音，才意识到那哭声来自蜂蜜。

脊背上的那股寒气瞬间顶到了我的指尖，甚至是额头上。我想她会不会是被某个粗心的服务员的热汤烫了，从前在社会新闻里看到的那些恐怖画面纷至沓来地在我脑袋里炸开，可是——看起来不像，她们的那张桌子看起来一切如常，只有一个好端端坐在宝宝椅里面不停尖叫的小孩儿。她紧紧地捏着那个蛋筒的底部，蛋筒在她的小手之间已经开始变形，香草冰淇淋在融化，没有了最初的形状，几滴奶油色的液体顺着蛋筒流在了她的手指间，激发出来新一轮更加吓人的哭喊。苏阿姨在一旁急切地跟她说："没事啊蜂蜜，冰淇淋化了，冰淇淋就是会化的，你现在马上吃一口……"

"我不要！"那张苹果脸彻底地被恐惧扭曲成了愤怒的卡通苹果，"我不要！我就是不要！""蜂蜜，"崔莲一也急了，"冰淇淋会化的这是自然现象，你不信就现在尝尝味道，乖，还是甜的，一点都没变……"周围那几桌已经有人厌恶地看了过来。

"我不要……"蜂蜜的尖叫声开始拖长了，一直在某个分贝上持续，冰淇淋飞了出去，蛋筒倒扣着立在餐桌的桌布上，一坨香草冰淇淋飞到了某盘剩菜里，崔莲一的衬衫弄脏了，领口处飞溅上了香草汁以及菜盘子里可疑的油渍，崔莲一也不管不顾地抬高了声音:"成蜂蜜我警告你,你再这么胡闹妈妈真的要生气了!"蜂蜜的尖叫声终于停止,她只是用力地看着崔莲一的脸,不停地流眼泪。

我从来没有见过蜂蜜这样的表情。她也许还没听过"失望"这个词,可是"失望"已经对着她重重地砸过来了。我弯下身子把她抱了出来,我说:"蜂蜜,不怕的,不要怕,大熊再带你去……"其实我有点语无伦次了,我只想马上抱着她离开这里,崔莲一脸色发白地说,我警告你,你再这么胡闹妈妈真的要生气了——为什么会这样,就在那个瞬间,我想起来的是无数次童年时代似曾相识的恐惧。面对着崔莲一一脸恼怒的神情,我突然变成了若干年前那个小孩,只能跟哭泣的蜂蜜肩并肩地罚站,在一堵墙下面努力为她寻找一个有些阴凉的空地。我原本想说"这句话有什么意义呢?你明明已经生气了",但我居然说不出口,就像我自己小时候那样说不出口。

餐馆外面,天空一片澄澈,是北京最美的季节。我今天三十六岁了,我依然没有办法阻止冰淇淋融化。

蜂蜜在我怀里发抖,那么小的身体,用尽了所有力气在发抖,我抱着她飞快地一路跑到了隔壁的甜品店,站在冰淇淋柜台前面,店员倒是不以为意——她的工作应该经常能碰到哭泣的小孩。

"蜂蜜,你看,"我指着架子上那只刚刚做好的甜筒,"它们是冰,房间里很暖和,它们就是会化的,这没有办法,这不是我们能决定的事情。"

她好像是安静了一点儿,她看着店员新做好一支抹茶口味的蛋筒,把它递给收银台旁边等候的人。"来,你再选一个,你喜欢什么颜色的都好,大熊请你。"她颤抖着深呼吸一下,有点疑惑:"绿色的,就不会化?"我也深呼吸了一下:"绿色的也会化的,这儿的所有颜色,红色的,橙色的,咖啡色,绿色的,紫色的……所有颜色的冰淇淋,都会化的。可是就算是这样,你也可以再选一个。""我不愿意。"苹果脸上的小嘴唇一瘪,嘴角在用力往下扯。"我知道,蜂蜜,你不愿意,你可以一直把它们放在冰箱里,只要你拿出来了,就得接受它们会化。"她咬着嘴唇犹豫了一下,终于选好了草莓味的。

我跟店员要了两个小小的勺子,然后我抱着蜂蜜随便找了张临街的桌子坐下。"咱们有办法在它没化之前吃完它。"我跟蜂蜜这么说,我用一个小勺挖起了很大的一块,"你把这个都吃了,马上,每一口都吃这么多,就能赶在它化了之前吃完。"苹果脸再一次被按了暂停键,然后她很小声地说:"可是,我——我想先看看它。"话虽这么说,她还是很配合地把勺子里的部分吃了下去,突然笑了:"真的是草莓味的,大熊你没有吃过吧!"

她以为我和她一样。

我就这么认真地看着她吃,在她吃到三分之一,冰淇淋开始有融化的迹象的时候,把开始融化的部分拿另一只小勺子挖掉喂她,于是,就没有彩色的液体滴落下来。冰淇淋虽然在减少,但是减少得很整齐。她心满意足地看着我的脸,突然间又担心了起来:"又吃了一个新的,我没有告诉妈妈……""没事的,"我语气很肯定,"我去跟妈妈解释。妈妈不会怪蜂蜜的。"她舔了舔嘴唇:"妈妈坏。""不能这么说,"我再喂了她一勺,"你知道,妈妈她只不过是一时忘了,她小的时候其实也不知道冰淇淋会化……但是这点疏忽,我觉得也不是大事。妈妈一个人带着你,其实很辛苦的,蜂蜜长大了,就懂了。""不是,"她严肃的眼神又回来了,"还有苏阿姨。"我一愣:"好吧,还有苏阿姨,妈妈和苏阿姨两个人带着你,可是,即使是这样,妈妈也还是很辛苦的。"

"即使是谁?"她继续严肃地看着我。这可真是个好问题,即使到底是什么人呢?落地窗外面,崔莲一慢慢地走了过来,看着我们。她应该已经看了一阵子了,我们眼神相遇的时候,她的食指往嘴唇上放了一下,然后她后退了几步,耐心地看着窗内的我们。蜂蜜倒是没有发现她,只是继续执着地问我:"那冰淇淋在加拿大也会化吗?"——崔莲一的舅舅一家移民去了加拿大,所以"加拿大"是蜂蜜的世界里最遥远的地方,我只好说:"嗯,这个嘛,有点不好说,加拿大有一小部分在北极圈里,在北极,我们待在室外,可能冰淇淋是不会化的。"

"那咱们一起去吧。后天去。"——在蜂蜜版中文的世界观里,"后天"的意思是很久很久以后。

"好吧。得先买好滑雪的衣服。"

那天下午,蜂蜜还有一节游泳课要去上,她一定要我在游泳池外面等她。结束之后,我送她们到停车场。崔莲一问我:"你今天也很累了吧?"我说:"哪有。"崔莲一接着说:"不然,就跟我们回家去?苏阿姨随便煮一点面当晚饭,很快的,苏阿姨的汤面你要尝尝,反正,今天还没吃寿面啊……"我说:"好。"

我和蜂蜜一起坐在后座,回家的路上要经过一段机场高速。那时不过四点多钟,太阳已经偏西。蜂蜜的头偏向一侧,我以为她已经睡着了,直到我发现,她伸出小小的手指,戳了戳车窗上面那轮火红的、西斜的日头。车在迅速地移动,她的小手试着挪动,以便于适应窗户上那个太阳的速度。鉴于她不知道冰淇淋在常温下会融化,我也不太确定,她知不知道她不可能隔着玻璃抓住那个公路边上的太阳。于是我侧了侧身体,我让我的手指也划在了车窗上,太阳匀速下降,我粗大的手指在前面轻易地拦截住了它,于是蜂蜜的小手也追上来了。如此反复,我们配合得很默契,太阳一次也没有从我们的手指间逃走，太阳也是够给面子的。

蜂蜜从安全座椅和车座之间的缝隙里，拿出来一盒彩虹糖。她先是坏笑了一下，接着用眼神恳求我保持安静。我立即意会了，这是不能让妈妈听到的事情。我帮她无声地把盒子打开，她慢慢地从盒子里拿出来三颗不同颜色的糖粒，全部放在我的手心里。我惊喜地用口型跟她说："谢谢。"她又舍不得给这么多了，从三颗糖粒中拿走了一颗。然后她抓住我的胳膊，要我靠近她一点，接着她在我耳边轻轻地说："我妈妈买蛋糕了。你吹蜡烛，蛋糕是我的。"

上一回给我买生日蛋糕的人是谁呢？好像是公司的人力资源部。

当我终于站在崔莲一的客厅里，餐桌上面，干干净净地摆着一个镶了一圈草莓的蛋糕，当中站着一只笨拙的北极熊。我想我表达出来的惊喜有一点夸张，但又没有夸张到让崔莲一怀疑什么，因为我绝对不能出卖我的新朋友成蜂蜜。

五

那天晚上，大概是十一点半吧，我妈发了一个红包给我，紧接着是一段语音："哎呀我忘记了，你看我现在这个脑子，还好还有半个小时。儿子生日快乐，第三个本命年了。"

于是我把电话打了过去。她接听的时候，我听见清晰的电视剧背景音由强转弱，知道她此时此刻正在惬意享受。老熊先生在十点半之前一定会上床睡觉的。所以由十点半到午夜，是她独占客厅与大屏幕的好时光。她问我："有人给你过生日吗，今天？"我说："怎么会没有，大人小孩都有，特别热闹。"我妈语气平淡："哦，你又是去小杨他们家了……"老杨到了我妈这里就成了"小杨"，有时候我也会在短时间里切换错误。

在她开始绘声绘色地讲我姑姑和我表哥的太太最近究竟爆发了什么冲突之前,我及时地打断了她:"妈,我有个事和你说。"

"要我说你姑姑那个人有点不像话,虽然……欸?你说。"

"我交了个女朋友,已经几个月了,一切都……挺好的。"

我妈沉默了一下,然后:"哎呀那可太好了,等一下,你告诉过人家你离过两次婚吧,要是人家介意这也没办法,可是咱们在这件事上不能撒谎,你把你的离婚证都拿给人家看看……"

在我爸妈的价值观里,离过两次婚约等于坐过一次牢,非重刑的那种。

"她也有过一次婚姻,"我觉得我的心跳声就要隔着手机传到对面去了,"她带着一个小女孩。"

我妈再度沉默,片刻之后她说:"这样倒是公平一点。那孩子多大了?"

"三岁。"

"很好。"我妈突然愉快了起来,"这么小,反正长大了什么都不记得。"

"原来如此……"她确实有一些让人不知说什么好的智慧。

"你看这样,这个事就先你知我知,你爸爸那个人你也明白,他比较保守,说不定会有点介意对方有孩子。我呢,这段日子慢慢试探一下他的态度,你不用管了,就交给我——恭喜你呀儿子,你说你虽然一直在这方面不靠谱可是还一直都有运气,姑娘多大了,哪里人,家里什么背景,发张照片来看看嘛,她自己干什么的,有没有跟你一样留过学,你现在的这个房子是小了点儿,虽然现在聊这个可能有点早了,但是我们总得未雨绸缪啊,你说呢……"

看来我妈今晚是睡不着了。

其实我不觉得我爸是一个多么保守的人,他只是沉默,很少表达。所以在我妈需要他保守的时候他就是保守的;在我妈需要他固执的时候他因为懒得辩解所以只好固执;我妈偶尔也会需要他开明起来……一切的解释权都在我妈。老熊先生究竟是个什么样的人,我居然说不好。童年时代我对老熊先生只有两个强烈的印象，一个是他虽然不会做饭可是他喜欢买菜，早市上他一个摊位接一个摊位地转，满脸放松且怡然自得，他知道那个卖茄子和土豆的小贩老家是哪里的——具体到县城的名字，他知道那个卖蒜头的老太太其实才五十出头只不过看上去面相比较老，他还知道那个守着水果摊位的瘸子总会因为什么事情跟他老婆打架……老熊先生买一圈菜回来，好像已经在菜市场说完了一天需要说的话，把菜篮子放进厨房，重新变成了那个沉默的父亲。

另外一个印象，其实准确地说是一个画面。这个画面通常发生在小时候的傍晚。他不需要加班的时候，晚饭前就会在家了。他坐在客厅窗前那张很旧的椅子里面看我们那里的晚报，客厅里有张桌子是给我写作业用的，偶尔我悄悄回过头去看他，永远看不到他的脸，只看得到那张晚报的头版。有时候我想和他说话，却又犹豫了。觉得好像也没什么可说的。

那应该是在我不到十岁的时候，我已记不清楚究竟是寒假，还是第二个学期刚刚开学。我妈在厨房里烧茄子，茄子下油锅的那一声响动非常刺激。这让我有点神往,于是我就回了一下头,我想知道老熊先生有没有听到这个激动人心的声音。然而我愣住了。在我和老熊先生之间一直会存在的那张晚报不见了,晚报被老熊先生放在了膝盖上。他在看着我。

很认真的那种凝视,他并不知道我会回头。我也不清楚该怎么办了,于是只好和他对看着。我在他的脸上看到一种全然陌生的东西。我想似乎有什么事情让他很高兴,但我百分之百确定那并不是因为我。片刻之后他笑了。他的笑容里甚至有一点隐隐的得意,他说:"北北,你已经长大了,以后得多帮妈妈干活儿,也学着照顾自己,知道吗?"我茫然地点头,心里在想,难道这个意思是让我现在到厨房去学怎么烧茄子?说完,他慢慢地把晚报捡起来,晚报像幕布一样,缓缓将他的脸隐去,我转过身去继续写作业。

那天的晚饭桌上,看起来好像没什么不一样。老熊先生尝了尝凉拌豆腐丝的咸淡,然后跟我妈说:"我觉得啊,我还是应该去。宋工说得对,这样的机会也许一辈子不会有第二次……再加点香油吧。"我妈看起来也是淡淡的,顺势拿了香油瓶子,再坐回来:"可是现在办停薪留职,下半年分房子就不会有咱们的事。北北需要有自己的房间了。"老熊先生的筷子在半空中停留了一下:"你这几天没有看报纸,你不知道,真的不一样了,《南方谈话》你该看看。"我妈有点不耐烦:"那都是你们男人的事儿,就跟看球一样,我没兴趣。"老熊先生叹了口气:"当着孩子,你别总说这种话,什么男人女人的,关心一下形势又不是上公厕,还分男女的?分房子过几年肯定还有机会,可是……"

我当时在想,"南鲟"是一种鱼类吗?我只知道中华鲟。

总之,那顿饭快吃完的时候,我妈终于长叹一声:"那你去吧去吧,省得过些年,万一看着别人混好了,你又埋怨我。我先跟你说好,你走了,我会经常接我妈过来住,反正北北也想外婆……"老熊先生默默地又添了一勺白饭:"你放着吧,我刷碗。"

就这样,没过多久,老熊先生去了深圳。

我是在一个华中小城里出生长大的。那个地方,在北方人眼里属于南方,在南方人眼里属于北方——在北京、上海人眼里，反正都是蛮夷之地。小城之所以存在，是因为几座工厂，我父母的父辈们从五湖四海迁徙而来，亲手建造了这座城。在铁路边上，在厂房和厂房的中央。火车咬着铁轨一路撕扯呼啸，与车间机器轰鸣有时一唱一和，有时并不。我的爸爸妈妈听着这样的声音长大，也听着来自全国各地的口音，几十年间，我们这里甚至形成了一种杂糅了好几个地方的口音的方言。不过到我离开那里的时候，更小的一些孩子就已经不怎么会讲那种方言了，有的语言也是短命的，从诞生，发展，成熟，到消亡，只需要不到三代人的时间。只不过我很惊讶原来有那么多人并不知道这件事。

就像对于成蜂蜜而言，世界上最遥远的地方是加拿大。对十岁的我来说，那个最遥远的地方是深圳。我们家是我们那栋楼里第一家装上长途电话的，那个时候装电话很贵，我妈还去跟外婆借了好几百块钱，偶尔会有邻居跟远方的家人亲友商量好时间，到我们家里来接或者打电话，至于他们是用什么办法隔空约好时间的，这是一个谜。总之，在很长的一段时间里，老熊先生成了电话里的一个声音，成了邮包上或者汇款单上的一个姓名……以至于直到今天我都有个下意识的错觉——任何一件事情,只要我跟我妈说了,那就等于是告诉了全家人。

因为老熊先生是个客人。后来等我们全家搬到深圳去没有多久,我就出国上学了,这个家里的客人就变成了我自己,直到今天。

不过春节的时候老熊先生一定会回家来,大包小包,风尘仆仆,一个略显生疏甚至是客气的微笑会在他脸上挂几天,直到除夕夜,亲戚们推杯换盏,酒意上来了,才会消失。可再过上最多十天,老熊先生就要重新启程。他会把妈妈给他新买的厚外套又留在家里,说南边根本用不着。

那个初春,我六年级,是小学时代的最后一个春天。

老熊先生已经回深圳去好些天了,某天晚饭时间,我已经摆好了碗筷坐了下来,妈妈还在壁橱前面翻找着什么。她关上抽屉,再打开隔壁的柜门,老熊先生的羽绒服跟其他几件衣服并排挂在一起。她似乎是愣了一下,像是无意地轻轻把老熊先生的袖子拿起来,看了一眼,然后她回过头对我笑了，她说："下次去火车站接你爸爸的时候，一定记得，把这个给他带去。省得他在站台上挨冻。"

她的笑容让我有点不安。我说："妈，我饿了。"

她总算回过神来，坐过来和我一起吃饭。刚刚盛了一碗蛋花汤，还没有盛第二碗的时候，她突然问我："北北，你想不想，有个妹妹？"

我困惑地说："都行。"准确讲，我觉得这个事情并不在"我想"或者"不想"的范围之内。她终于还是忘记了要给自己盛汤，眉飞色舞地往我碗里夹菜："你放心北北，妹妹会在冬天出生，不会影响你的毕业考的。"

没错，那个时候，小学毕业升初中是有考试的，可是我其实已经在我们小学的保送名单上——妈妈她看来是忘记了。

两天后就是周末，周末通常会早一点放学，我回家的时候，隔着门板，听见了外婆的声音。印象中，外婆很少情绪激动地大声说话的，可是今天，她的声音清晰地传到了外面的走廊上。不过我想，对门的邻居应该还没有回家。

外婆说:"人人都只生一个小孩,只要你吃公家饭,家家一个小孩这是国家政策,怎么到了你这儿就这么特殊?你就非得生两个不可?你对北北到底有哪里不满意?北北这么好的一个孩子你不要贪心不足……"

妈妈的声音也忍无可忍地抬得很高:"你在胡说些什么呀!这跟北北有什么关系,我就是想要个女儿。我知道这个孩子肯定是个小姑娘……他爸爸上火车那天我梦见了一个小女孩——"

外婆已经气急败坏了:"你听听你自己满嘴说的都是什么话!你好歹也是上过大专的,结果比你外婆还迷信。"

妈妈也吼了起来:"要是我外婆真的还在,她肯定站我这边!北北他爸已经停薪留职了,分不分房子我们不在乎,而且我都打听好了,超生的罚款现在也不是付不起……"

脖子里挂着的那把家门钥匙,已经被我的手心焐热了。当我终于一闭眼睛,狠心把门打开,进门却发现,她们俩并排站在厨房里,并没有注意到我已经回来了。我轻轻地关上门,不想弄出任何响动。

外婆开始愤怒地剁饺子馅儿："不要以为北北他爸才刚多赚了几个钱，就真的什么都能拿钱换——你妈我，上半辈子还是见识过什么叫暴发户的——只有像你们这样，口袋里刚刚多了几个铜板的人才恨不能摇晃着让全天下的人都听见响。罚款交了，北北他爸不用回来了，那你自己呢？你们单位因为超生要处分你，你还怎么做人？你这些年勤勤恳恳，所有的工程师都愿意找你来画图——你以为没人恨你没人想趁机会整你？……"

菜刀砸在案板上的声音越来越急促了，妈妈突然转过了身，也许她想去门后拿围裙的，于是她就看见了我。我拎着书包飞速跑进了里屋，我知道我此刻应该把电视机打开，听见动画片的声音，我妈就能放心大胆地继续跟外婆吵架了。遥控器已经在我手心里，可是我在犹豫，厨房里的对白虽然不能完全听懂，但是舍不得错过。

妈妈似乎是长长地叹了口气："我想过的——要是单位因为这个为难我，大不了我也走了，我跟北北他爸去深圳，像我这样有经验的绘图员，找家私人公司的工作，一点也不难。"

"哐"的一声巨响,随后一片寂静。我就在那阵还带着"嗡嗡"余韵的寂静里打着寒战。外婆应该是用力一刀,将菜刀剁在了案板上,在我的想象中,那把菜刀应该是明晃晃地竖立在那堆沉默的饺子馅中央。我以为外婆是要咳嗽,可是她开始说话了。

"这么大的人了,说话能不能过过脑子——这么好的一个单位,能是你说不要就不要的?现在人人都眼红深圳,我告诉你那是因为你们年轻,你们根本不知道什么叫瞬息万变——现在说得轻巧,辞职,下海……万一以后有个变化这片海没了呢?谁管你们养老,谁管你们看病……"

"行了我不跟你说了。"菜刀剁馅的声音又响了起来,这次应该是换了妈妈拿菜刀,因为她剁馅的力道没有那么大。

我默默地按下了遥控器,直到饺子煮好上桌。外婆看起来神色如常,好像厨房里的那场争执从来没有发生过。

我以为事情就这样过去了。虽然在接下来的几个星期里,妈妈单位里有几个我从来没见过的人来过我们家找她,我也并没有觉得有什么不对劲。春天越来越深了，就在柳树完全变绿的某个下午，放学的时候班主任叫住了我："熊漠北，明天你妈妈有没有时间来学校一趟？"

当然有，只是我从来不会被老师叫家长，我是最好的学生。班主任笑笑："你什么错没犯，我是要跟你妈妈商量一些你保送上中学的事儿。"也许是因为我没有马上转身离开，班主任随即也愣了片刻，又是一笑："回家吧，就是要跟你妈妈商量个很小的事情，都是细节。"

次日放学以后，我没有马上回家。我知道我妈应该正在老师的办公室里，正因为如此，我想我晚一点回去应该没什么关系吧。或者说，我隐约觉得我的生活里好像有什么事情要发生了——但是那个时候，我其实并没有能力把所有的迹象都串联起来，一切都是从妈妈问我"你想不想要个妹妹"开始的，可是那时的我，连这个也不知道。我跟着同学去了游戏厅，我们一起玩了一会儿《街霸》，主要是他在玩儿，我在旁边看着。虽然我最喜欢的是肯，不过我那天站在一旁，百无聊赖地看着我的朋友和他的古烈磕磕绊绊地鏖战。后来我的朋友输得有点不好意思了,他说不然你来玩一会儿,我歇歇再战。可是我说算了吧我看着就好。我没有心情。

我是看着街道尽头的落日回家的。它安静地待在地平线往上一点点的地方,看着我慢吞吞地走过那段并不遥远的路。我还以为是它在陪伴我,结果我不过转个弯而已,天就黑了,路边的小摊小贩们都在亮灯。我这才知道,原来是我送落日回了家,也许当一个小孩心事重重,他就办得到这件事。

外婆刚刚切好一盘午餐肉,摆在桌上,除此之外,厨房的案板上只切了两个西红柿。她们没有开灯,我也没有开灯,我听见外婆的声音从妈妈的房间传了出来,妈妈并没有关门。这次,外婆说话的口吻倒是一切如常。外婆说:"人家老师都说话了,你自己看着办吧——老师是好意,为咱们北北着想。保送这个事情,这么多年都是这样的,铁路局一年三个名额,92厂三个名额,你乔叔叔他们单位是两个,你们设计院的孩子只有一个……现在如果你在单位因为这种事被处分,单位万一找到学校来要求把保送的人选换了——你也知道学校是不想得罪人的……而且老师是怎么知道的呀你想过没有，设计院早就有人把话放出去了……"

外婆出来了，随手开了灯，满室突然的明亮让我手忙脚乱。外婆淡淡地说："洗手吃饭吧，今天来不及炒菜了，外婆给你煮面。"我刚刚走到厨房里准备拧开水龙头，外婆突然问我："北北，要是你们学校不保送你去一中了，你得自己考，你觉得你能考得上吗？"我简直如释重负——如果真的只是这件事而已，我说："应该吧，没什么问题……"

"妈，你够了。"妈妈从房间里走了出来，"别跟孩子讲这些乱七八糟的，我心里都有数。"

外婆嗤之以鼻："有数……你真有数的话……"

妈妈转过脸看着我："你到哪儿去了，这么晚才回家。"

我挺直了腰杆，我认为我有必要表达出来我已经是个大人了，最近家里究竟在发生什么其实我不太知道，但是我必须让她明白一切都没什么大不了，保送不保送的我根本就不在乎，不需要再把我当成一个孩子小看我了……我必须用傲慢的态度用一句简单的话表达以上这么多复杂的意思，于是我就用了一种看似很轻松的语气说："我就是去打了会儿游戏。"

妈妈走过来，对着我的脑袋重重地拍了一掌："打游戏是吧？打游戏！"

我什么也没有反应上来，只记得接下来她的巴掌就一个接一个落在我的头上和脸上，有的很疼，有的也没有很疼。慌乱之余我只惦记着水龙头上还有那么多肥皂泡沫来不及冲掉——错愕之中她说的话更让我觉得逻辑混乱："你滚出去打游戏别回来了！不知道别人都要考中学吗，你保送了不起啊，保送了不起啊，为了让你保送不用去考试妹妹不能来这个家了，你知道吗，妹妹不能来了，你觉得什么都理所当然该给你你不用珍惜是吧，我叫你打游戏……"

我的脑袋里仿佛装了一个老旧的电灯开关，"啪嗒啪嗒"地在意识深处响着微弱的动静——眼前跟随着那个声音一明一灭，一明一灭——不完全吻合，所以我觉得那个开关一定是太老所以不灵光了。

外婆的吼声开始嘶哑："秦凉玉你就是疯了，你给我放手……"

当我终于回到水龙头旁边，身后回响着妈妈隐隐的抽噎声,我发现,即使我放着不管,那些停留在水龙头上的肥皂泡也自己破掉了,老旧的水龙头只是有些湿漉漉的,没有了曾被白色泡沫污染的痕迹。肥皂泡真是世界上难得的好东西。

好几年以后,当我回想起这一段,才恍然大悟。在我妈失去理智地殴打我的时候,妹妹还沉睡在她的身体里。后来,日子就恢复了往日的无聊与平静,第二天放学的时候,我有点想故意向我妈示威,再去打一会儿《街霸》,晚一点回家——不过我终究没那么做。我可不是怕她,我在心里这样跟自己说,只不过,她打我打到最后,自己会开始哭——那个很吓人,而且,我觉得,挺没必要的。

我一进门就闻到了扑鼻的香气,妈妈的房门关着,外婆笑盈盈地招呼我:"鸡汤马上就好了啊,稍等十分钟,就能喝了。"

我才不准备喝那个鸡汤——因为我知道那不是给我的。但那是准备给那个并不存在的妹妹的吗——我有点说不好这件事。总之我趁外婆不注意,悄悄地尝了小小的一勺,就一勺,然后把整碗鸡汤都倒回了那个砂锅里。

直到今天,我一直都没有问过老熊先生,他知不知道很多年前,我差点就有了个妹妹?我妈妈是跟他说了,还是从头到尾就没提过?如果他知道了,他到底有没有像我妈妈一样对妹妹表示过由衷的欢迎?他知道妹妹不会来了的时候,又是怎么想的?我一无所知。老熊先生看起来也不是一个适合交流这些问题的人。准确地说,他好像在大多数时间都没什么感受。我当然知道一个活人不可能没有感受,但是一个父亲的感受,在儿子面前,好像是一种极为羞耻的隐私。

有一件事,我并没有告诉过任何人。就在那天,那个黄昏突然消失的夜晚,我其实在回家的路上想好了——等熊妹妹会走路了,我一定牵着她的手去游戏厅,教她玩《街霸》,她可以选"春丽",我会尽量耐心一点——她已经很可怜了,一个女孩子,她姓"熊",同学们都叫我大熊,给她取的绰号只能更难听更不能忍。所以即使她的春丽总是很快被打死,我也不会骂她笨。

六

我很喜欢吃川菜，可是我很少跟人提起这个。因为跟别人一起吃川菜是一件我极为害怕的事。

让我想想该怎么解释。

川菜是很热闹的，我不是指饭店里的喧嚣声，单指那种口味。总之，吃川菜的时候，满桌人很快就会酣畅淋漓起来。我非常不喜欢看见任何人在我眼前酣畅淋漓，同样我也认为没有人有必要看见酣畅淋漓时的我自己——因为那很脏。

污糟的纸巾会迅速地堆成一堆，其间夹杂着零零散散的花椒颗粒或者红椒的碎片，川菜馆里最熟悉的红油必然会浸渍于其间，每个人面前堆起这么一堆，会在菜还没上完的时候就造出来杯盘狼藉的氛围。残羹，骨头渣，更多的花椒颗粒，逐渐溢出骨碟，慢慢地在纸巾堆里堆积，酒酣耳热的时候，一定会有某人一不小心弄翻茶杯，或者面前的汤碗，于是更多的餐巾纸被丢出去迅速变成稀烂的抹布。颜色难辨的液体依旧会从已经形似软体动物的纸巾边缘慢慢渗出来。会有人开始流汗，会有人开始放肆说笑——牙缝中闪烁着红油或者食物残渣，但是无人在意，满桌人的哄堂大笑会掩盖一切。哄堂大笑之余必然有人开始剔牙，如果剔牙的时候眼睛还惦记着那盘刚上来没多久的水煮鱼，或者想对桌上某人说的段子反射性地表达一下笑意，就很容易把五官撕扯成狰狞表情。我不止一次地见过，有人在剔牙之后，极为放松地朝着空气轻轻做一个吐出去的动作，那抹肉眼几乎不可见的垃圾就这样被吐出去了，说不定已经静静落在不远处某盘菜里，然后这个人再若无其事地开始继续吃——有某只手已经静静拿走了他或她放置在心里的那面给自己设立的镜子。

我从来都没有渴望过，在我的那面镜子被拿掉之后，在我自己痛快放松丑态毕露的时候，还有人能毫不介意地接纳我——至亲，至爱，肝胆相照的人也没这个必要。如果非要按着我的头要我承认生活本来就是如此，那我不活了行不行啊。

我也不会试图让人理解我的这种怪癖，所以即使是老杨，这么多年，也只是以为我不怎么爱吃辣的。

当崔莲一把那个蓝色港湾的川菜馆链接发给我，我心里重重地一颤。她问：咱们去试试这个怎么样？我依然立刻打字：好啊。

过了一整个冬天，现在春天来了。尽管北京是一个对春天极为苛刻的地方，但该来的总会来的。在刚刚过去的那个冬天里，发生了两件非常重要的事情，必须按照它们发生的时间顺序表述：第一件事，崔莲一收到了成机长即将再婚的消息，为此他们俩还开了个视频会议——彼时成机长刚刚落地厦门，所以只能通过Facetime正式地聊聊这个，崔莲一友好地表达了适度的祝福，然后双方达成了共识：尽量等蜂蜜稍大一点再接触成机长的新家庭，避免给她的世界造成混乱。其间成机长试探性地问过崔莲一的生活里目前有没有稳定的伴侣，崔莲一更加友好地回答：等我确定要结婚的时候，再介绍你认识他。这个消息让崔莲一如释重负，她不止一次用力拍拍胸口，跟我说："这下好了，我再也不用担心他有一天会来跟我抢蜂蜜的抚养权。"我为难地说，那我们必须祝福成机长这次的婚姻顺利美满，如果又是没几年就破裂的话，那可难说了——崔莲一咬了咬嘴唇，只得表示同意。

紧接着就是第二件事，我终于跟崔莲一和成蜂蜜一起，在跨年的时候来了一次短途旅行。只有三天而已，我的酒店房间在她们的隔壁。旅途中，崔莲一负责照顾成蜂蜜的一切生活细节：从冲泡奶粉，到应付她制造的噪音；我主要负责一切体力活：搬运行李，搬运购物袋子，以及在成蜂蜜拒绝走路的时候搬运她。全程四天三晚，其间成蜂蜜试图踢我大概一百二十几次，我成功拦截了其中的四分之三。除此之外，大部分时间，因为有她妈妈镇场，她倒是表现得很乖巧。总的来说，我认为，这趟旅行能够成真，和第一件事是有密切关系的，不过崔莲一不肯承认就对了。

在那次旅途中，我和崔莲一第一次产生了一点小冲突，不过很快就过去了。起因当然是因为蜂蜜——准确地说，是因为蜂蜜的奶嘴。

在海边的第一天,成蜂蜜应该是不大适应陌生的环境。很焦躁,动不动就会突然哭起来。虽然我觉得她莫名暴躁起来的样子很好玩,但是我已经谨记,我绝对不能笑——只要笑了,绝对是雪上加霜。崔莲一就把奶嘴塞进她嘴里,果然换来了一些安静。后来她对小摊主贩卖的百香果汁产生了兴趣,我给她买了一杯,我们坐在某个热带树木的阴凉底下,慢慢地看着蜂蜜喝完。我发誓,在帮她把奶嘴的盖子盖好的时候,我还在提醒自己,等下为了不忘记它,专门把它放在桌面上,就在百香果汁的杯子旁边——但是起身的时候自然还是忘了。半个小时以后蜂蜜用一阵报复性的哭声表达她发现了这个可怕的错误,而剩下的两只奶嘴则被崔莲一放在了酒店房间里面没有带出来,我一边在气自己为什么已经提醒了自己这么多次居然还是忘了,一边跟手忙脚乱的崔莲一说:"其实我后来也上网查过,到了她这个年龄,安抚奶嘴确实戒掉比较好,不然好像会影响牙齿发育……"我承认,我确实在情急之下想要推脱一部分自己的失误。

没有想到，崔莲一抱着蜂蜜，脸色突然变得非常难看——甚至有种悲伤在她的眼睛里，她不顾蜂蜜还在哭，一字一顿地对我说："不用你指导我怎么育儿，你以什么立场告诉我该怎么带孩子怎么当妈妈？还轮不到你！"

说完她转身抱着蜂蜜走了。其实走不快，踩在沙滩上深一脚浅一脚。我惊愕地看着她的背影，不知道该不该追上去。她又一次地张开了防御，在我开始假装自己像是个"爸爸"的那一刻。一阵风吹掉了蜂蜜的太阳帽，帽子沿着一个不规则的曲线，朝着我的方向飞过来。蜂蜜的小脸从妈妈的肩头调转，我终于开始奔跑了几步，一把把帽子捞起来，再奔向她们。

崔莲一装作没看见我，蜂蜜却已经不哭了。我冲她挥了挥手上的帽子，她笑了，嘴里爆发出一串蜂蜜版中文，小小的面孔做出很凶的样子，两只小胳膊一顿一顿的，终于在那一串杂乱的音节里，我清楚地听见了几个字"轮不到你"。我恍然大悟——她是在模仿她妈妈。崔莲一终于笑了，一脸的尴尬和惊讶混合着，我也笑了，我跟她说："这位妈妈，你看,你给小朋友做了不好的示范。"她咬着嘴唇白了我一眼,我继续说:"好啦,就算我不对,请你们吃烤肉怎么样?"崔莲一低声说了一句:"你抱她一会儿嘛,我都快累死了。"

这就是愉快旅途中的小插曲,如今回忆起来,都是可笑的。

在春天的某个周末傍晚,我和崔莲一终于一起吃了川菜。其实约在这家店也和蜂蜜有关。如今我也习惯了,在刚刚过去的深秋和一整个寒冬里,通常隔上两个星期,最多三个,成蜂蜜小姐会神秘地消失一天,这一天往往是周六或者周日,到了晚上,成蜂蜜会自动被送回来,经常是已经熟睡,苏阿姨会走出去按电梯,直接下到地库去把她抱回来——似乎地库里有一个合法承运小孩的快递公司,而苏阿姨与快递员的交易驾轻就熟。和她一起回来的,总会有几个购物袋,里面是新玩具、新衣服,还有零食。是的,没错,这样的一天是成蜂蜜去见她爸爸的日子,不管怎么讲,成机长拥有探视成蜂蜜的权利。

苏阿姨有一点很妙,她在收拾购物袋的时候会格外注意这些新买的物件的品牌,如果碰巧购物小票就留在里面,那就更好了——苏阿姨只需粗略地算个加法。如果价格让她满意,她的脸上就会浮现出一点笑意,也会在言语间对崔莲一有意无意地表示一句,"这个爸爸总的来说还是不错的";如果总价在苏阿姨那里没有达标,那么苏阿姨的脸色就会益发严肃,我曾亲眼见过一次,她一边将零食归类,一边非常有技巧地抱怨着:"全是添加剂,全是色素——妈妈不让吃的东西就拼命给买,蜂蜜又不懂事只会觉得她爸爸更好,小孩子当然好哄了,真是有心机,会摘桃儿……"反倒是崔莲一在旁边无奈微笑:"苏姐,她爸爸应该也没有那个意思,蜂蜜说句想吃他就给买了,他想不了那么多……"而我及时地打断了她,我斩钉截铁地表示:"我觉得苏阿姨说得特别对!"苏阿姨抬起下巴,给我一个难得的笑容。于是,成机长在上个月还是个不错的爸爸,这个月已经人间失格——解释权都归苏阿姨。

而今天,蜂蜜和成机长的活动地点就在这家川菜馆附近。所以崔莲一才想在这里吃饭,等时间到了顺便去把蜂蜜带回来。天气既然已经转暖，不需要苏阿姨全副武装去地库做交易了。她刚点完菜，我就问她："你到底有没有问过，对苏阿姨来说，什么价钱就算是——'还不错的爸爸'？"崔莲一微微地白了我一眼："你就不能想点正经事。"

"这很正经！"我把菜单合上，正襟危坐，"你替我想想我的处境，我要是不能讨好苏阿姨，那以后的日子还怎么过——你可以没有我，但是一天都不能没有苏阿姨，这点形势我还是能看得明白。"

崔莲一果然笑了，笑得非常夸张，直到服务员过来上凉菜，她才停下。

我很小心地夹起夫妻肺片，将我面前的小碗凑到菜盘跟前。然后听见她安静地说："谁说我可以没有你的？"

筷子颤了一下，夫妻肺片上红色的油险些滴落在桌面上，还好我动作及时，一条醒目的红色痕迹顺着那只小碗的边缘缓慢滑下来。我笑笑："你懂我意思，不就是——一个修辞嘛。"

她认真地看着我："熊漠北，我也不知道这是不是我的错觉，你跟我说话的时候好像总是在想，这句该不该说……

你跟所有人都是这样吗?"

实话说,我感觉自己被嘲讽了,但我知道她是无心的:"难道不该在张嘴说话之前想一想吗?"我打算好好聊聊这个话题。

她粲然一笑:"当然该想一想,你别误会我,可能大家都觉得直率是优点,但我偏偏就是那类宁愿别人不要直率的人……当然前提是——小孩子除外,我说的是成年人,我从不跟标榜自己直率的人交朋友。"

我放下了筷子:"这么巧,我也一样……"这确实是件神奇的事情,我们在一起已经快要八个月了,但是却刚刚才发现这个隐秘的共同点。

她等服务生上完菜,走开之后才接着说:"我是想跟你说,我知道你不是会故意出口伤人的人,你本来就很在乎别人的体面——所以你跟我在一起可以不用总想着这件事……我们都在一起大半年了啊,"她停顿了一下,像是在鼓励自己,"不要因为我是个单身妈妈,就以为我时时刻刻忘不了自己是弱势群体,随便一句话就会冒犯到我……我知道有时候我有点敏感，但是其实我自己能意识到的，我并没有权利要求你无止境地迁就这点。"

我说："就，这么说吧，我从来没有觉得你是弱势群体——我的意思是说，也许单身妈妈算是……我是说我不知道单身妈妈算不算弱势群体，但是……"不行，越描越黑的感觉让我自己笑场了，她也已经清脆地笑了出来，她说："哎哟，吃水煮鱼的时候不能笑，会呛住的……"

"你自己带着蜂蜜，凭你自己的力量，让她过着很幸福的生活，你已经做到了绝大多数人都做不到的事，我就敢说我自己绝对做不到……所以，有时候你也真的不要紧张，至少我绝对不是一个时时刻刻在旁边评判你的人——谁冒犯谁啊，我不过是不确定，在你那儿，我到底过审了没有……"

"幸福不幸福，你说了又不算，得蜂蜜自己说了算。"崔莲一巧妙地避过了"我究竟有没有过审"的问题，"有时候想起来我就害怕，万一她长大了，抱怨她是单亲家庭长大的孩子，抱怨她的爸爸妈妈各自有自己的生活，把原生家庭阴影都算在我头上，那怎么办？"

"能怎么办？"我不假思索，"努力赚钱吧——等她开始清算原生家庭阴影了，多给她点钱，让她知道她的阴影比较贵，总没坏处。"——对不起蜂蜜，我也不是那个意思，这只不过是一个修辞。

"你能不能不要胡说八道……"

她一直在笑，笑得让我都有了些微醺的醉意。我们两个人几乎吃光了所有的菜，吃到三分之二的时候我惊讶地发现，我们俩面前的杯碟和桌面都还保持着一些干净与秩序：她把所有的鱼骨和花椒撮成小小的一堆，尽管它们已经在骨碟里堆了将近一半的面积，因为挨挤着叠放，居然没有那种即将溢出的感觉。必须说，崔莲一在平时绝对不是一个有洁癖的人，她的车的后座，她的客厅——经常被蜂蜜弄得一片狼藉，而她看起来安之若素。她注意到了我在盯着她面前的盘子，她又一次笑了："我说不好为什么，我吃川菜啊，火锅啊这些的时候，特别害怕看见桌面不干净，我也不是什么时候都这样……房间乱七八糟对我没有任何问题，可是……"

我说："我明白。有的怪癖特别不好意思让人知道。我小的时候特别害怕一件事,就是……看见菜汤流出来流到一堆白饭里面,眼睁睁看着米饭变色,对我来说就像有的人听见用指甲划玻璃……所以我宁愿不让我妈把炒菜放进我的饭碗里——然后我就被她打。"

崔莲一的眼睛惊喜地瞪大了:"不可能吧——蜂蜜也是这样的,她总跟我说不可以把她的白饭弄脏——专家说这是幼儿期建立秩序的时候,对某些秩序特别敏感……"

"可是我三十多岁了其实还这样,只不过是会掩饰能将就了。"

"欸?你说如果过两年我把这件事跟不那么熟的人讲讲,是不是所有人都会以为蜂蜜是你亲生的?"

"不然你现在就告诉大家这个,蜂蜜就是我的孩子,看他们什么反应?"

"少胡说八道了我还要做人呢……"她笑得前仰后合,她在极为开心的时候不知为何,浑身上下有种隐隐的脆弱。她在全身心地笑,毫无防备。

我觉得我应该求婚,此刻,马上。还等什么?

但是崔莲一的微信提示音就这么不失时机地响了，她专心地低下头去滑开了屏幕，还好，我这个时候脸上一定是一脸窘迫的欲言又止，她注意不到。"等我几分钟就好，"她抬起头，"蜂蜜就在楼下那间餐厅，已经吃完了，我去接她上来。"

"我跟你一起去。"脱口而出的时候我又被自己的愚蠢吓到了——让她前夫看到我，就能自然而然推导出我希望关系往前再走一步吗？这是什么可怕的逻辑。

她一愣，随即摇头："还是算了，包我就不拿了，你看着它，我很快就带着蜂蜜上来。"其实她已经习惯性地把包拎了起来，随着这句话，又随意地放了回去。她是故意给我这个台阶的，也把台阶顺便留给了自己。

那晚还是老样子，我负责开车，崔莲一陪着蜂蜜坐在后座。蜂蜜已经很累了，伏在我的肩膀上，苹果脸垂了下来，无精打采。我的车就在不远处的停车位里，我随手按下了钥匙上的按键，车灯一闪，蜂蜜突然非常羞涩且礼貌地笑了，对着我的车轻轻地挥了挥手。——这是她的习惯，她坚定地认为当车子解锁，车灯闪烁的那个瞬间，这辆车是在跟她笑。所以尽管已经很累了，她还是要坚持尽到礼数。一辆奥迪 A7 从我们身边驶过，冲着出口的方向走了。蜂蜜的声音软软的，但是十分坚定："那是爸爸。"我感觉非常多的血液瞬间涌到了脸上，下意识地把蜂蜜抱得更紧："就那个车吗？是你爸爸的？"

崔莲一的声音静静地从我们身后传来："她爸爸的车也是一辆奥迪，她分不清差别，只记得奥迪的四个圆圈。"

我问蜂蜜："那你说得清你爸爸的车是奥迪的哪个型号吗？你下次记得问问他好不好，大熊叔叔也打算换辆车了，我一定得买一辆比你爸爸的车好的……"

崔莲一忍无可忍："你真是幼稚！"

蜂蜜一本正经地看着我："你会不会买粉红色的？"——教导主任在问班长今天早读的出勤情况。

"这个——"我知道我一定面露难色，不然崔莲一的微笑不会如此畅快，"粉色的车，不太好找。"

"为什么呀？"——在蜂蜜版中文里，我最喜欢听这句。因为她发不准音，可能她自己也隐约意识到了这点，所以刻意把每个字都说得很用力，于是到了我的耳朵里，就变成了"为——沙——玛——亚？"可是这个时候，我还不能笑，只要我脸上露出一丝笑意，她的小腿就又开始踢我了。

星期六的夜晚，路上依旧是车灯与车灯连成一串，不到两公里的路，因为连续三个红灯，只能缓慢前行。塞在车队里的时候，我突然听见蜂蜜的小手轻轻拍打车窗的声音，随后她就一声欢呼。在我们的左侧，有一辆车里的人估计是觉得还不如下来走几步，因此他就正好在蜂蜜的眼前下了车。

那是一辆特斯拉 Model X，车门缓缓地上升，从侧边张开。"翅膀，那个车有翅膀，妈妈，翅膀……"我从没有听见过蜂蜜如此热烈，如此由衷地喊"妈妈"，她用力在安全带后面侧着身子，两只小手吸附在玻璃上，小心翼翼地捧着出现在眼前的盛景。车灯斜斜地映着她的脸，整张脸上都像是有晚霞在燃烧，眼睛里隐隐倒映着一点火烧云的痕迹。崔莲一忙不迭地回应她："没错宝贝，那辆车是有翅膀……"车里那个人若无其事地沿着人行道走远了，车门慢慢归位。"那个车为什么有翅膀，妈妈它真的能飞吗，妈妈为沙玛亚，为沙玛亚——"一连串狂喜带来的混乱的问题,崔莲一已经不知道该先回答哪个,特斯拉里的那位路人,应该永远都不会知道吧,在一个擦肩而过的小孩眼里,他早就不是他了,他成了神迹。

在那之前,我从来都不相信,一个人在百分之百表达惊喜与"羡慕"的时候,能够没有丝毫卑微,没有丝毫自惭形秽。但是蜂蜜让我相信了,这是可能的。因为她没有问过为什么这是别人的而她自己不能拥有,再往前一步,她的脑子里并不总是时时刻刻都存在着那个"我",所以她经常忘记将眼前的世界与她自己做对照。所以她可以像是音乐一样,随时将自己化为无形,变身成巨大的"欢喜"或者"悲伤"里的鼓点。

崔莲一让我庆幸还好世界上有这样的角落,可是蜂蜜总能让我知道原来世界是这样的。

"欸,"后座上,崔莲一的声音异常清亮,"谢谢你哦。"

我才意识到车内已经安静下来,想必蜂蜜又是睡着了。

"谢什么?"

"你在你的车上放了一个儿童安全座椅。跟我们家那个一模一样。我都没想到这一点。"

"小事儿，这不是应该的吗？"我语气轻松。其实，是我拜托苏阿姨把链接发给我，然后我在几个配置里选了那个最贵的——于是苏阿姨非常满意。

"你车里放着这个，你的同事如果问东问西，你怎么说啊？"

"我不怎么和同事说话。"我的手稍稍握紧了方向盘。

后座上传来一声带着笑意的叹息。

"我可以告诉同事这是给我女儿的吗？"我知道胸腔里的心跳声稍稍加重了。

"神经啊。"

"可以吗？"

她安静了几秒钟，然后轻松愉快地说："随便你，你不是不怎么和同事说话吗？"

我如释重负地笑了："偶尔也得说几句的。"

至于那晚有没有月亮，我完全想不起来了。

七

我曾经好奇地问过崔莲一:"蜂蜜知道自己的爸爸妈妈分开了这件事吗?"

崔莲一说:"我跟她说过,她知道是知道,可是我不确定她能理解多少。"

我自己的感觉是,蜂蜜对这件事情有时候清楚有时候一团雾水。其实我更想知道一件事,在蜂蜜眼里,我到底是什么人?这个问题就连崔莲一也回答不了,她说她试着问过一次,但是蜂蜜的回答是:"大熊就是大熊啊。"崔莲一再问那你希不希望大熊成为我们家的一个人。蜂蜜有点困惑,但是认真地摇了摇头:"这可不行,我们家没有房间给他住了。"那么如果搬到一个有多余房间的房子呢?蜂蜜再度认真想了想:"那好吧,但是大熊的房间必须比蜂蜜的房间小。"

完美的回答。可是我永远记得我们第一次见面那天,她用清澈的眼神看着我,清晰地说出来"我爸爸比你高",那是一个天地沉默你知我知的瞬间。但奇怪的是,当我们日渐熟悉,就连她自己好像也忘记了那个时候——所以我总是不确定,那天究竟是我过于敏感而产生了错觉,还是那对她来讲也是一个类似被宇宙点拨的时刻,她脱口而出了一件她自己根本不理解的事情,然后,因为不能理解,所以也没有用来记忆的依据。当然了,孩子的记忆未必需要什么依据的。

四月来临,依然是一个星期六的傍晚,我待在崔莲一的客厅里,蜂蜜的那个小房间的门半掩着——我之前进去过,那个小房间里是一张有梯子的上下床,蜂蜜睡上面,苏阿姨睡在下铺——她们就这样成了室友。苏阿姨在帮蜂蜜梳头。我听见她们俩正在聊天。蜂蜜问:"爸爸的家住在哪儿?"苏阿姨诚实地回答:"这我可不知道,我也没有去过。你不是去过吗?"蜂蜜再问:"爸爸和妈妈为沙玛没有住在一个家里?"苏阿姨仍然是轻描淡写的语气:"有的爸爸妈妈就是这样的。不在一起住的爸爸妈妈有很多很多……"蜂蜜像是在叹气:"哦——"我在门后暗暗地为苏阿姨鼓掌,并且需要控制掌声。

崔莲一的电话就在此时打了过来:"你是不是已经到家了?"她的语气充满抱歉,"真对不起,我现在回不去了,有一点急事,你等一下……"我想她是需要找个方便说话的地方,果然片刻嘈杂的空白之后,她的声音再度响起:"我跟你说过的,我负责的那个电视剧,下个月初要开机的那部——我们的编剧自杀了,我得过去看一眼——今天可能会回来得晚一些。"

我有点茫然:"是因为——实在写不出来?"——主要是,除了崔莲一以及她的两三个朋友,我并不认识多少传说中的"文艺工作者",所以我也只能凭借那点可怜的刻板印象来推测。

"我不知道,应该不至于吧——我们又不是要求他写出《权力的游戏》那种水准——"

万一他写的水准像是《权游》的最后一季,我倒是有点理解他为何万念俱灰。

"总之他现在还有十集没有交呢,一堆事情我得处理,男女主角的档期都卡得很死,不管怎么样开机的日期绝对绝对不能推迟了……"崔莲一再叹了口气。

说实话我心里挺辛酸的,虽然这个倒霉的编剧我完全不认识。对一个普通人而言,自己的生死应该是此生最大的事了,但是事实上,留给别人的,只是麻烦而已。

"不然你就别等我了,今天你先回去吧,我明天去找你。"短短几句话,崔莲一已经深呼吸了三次。

"行。你明天好好睡到自然醒,醒了再说。我跟蜂蜜说好了要请她吃圣代,外卖来了我就走。"

"你千万记得她对坚果过敏。绝对不能吃榛果味的,那种撒花生碎的也不行。"

"放心,早就知道的,忘不了。"

我刚刚放下电话的时候,周围突如其来就是一片漆黑。那一瞬间我的错觉是会不会我不小心死掉了而我自己还不知道。紧接着蜂蜜的一声惊叫隔着门板传了出来,在这几秒钟的时间里我已经适应了一点黑暗,看到一个小矮人的轮廓蹒跚从房门后面摇晃出来。"蜂蜜没事的,是停电了。"我的声音透着一种不自然的尴尬,就好像对于声音这种东西来说,黑暗是一面镜子,逼得它看见了自己的裸体。蜂蜜好像没有害怕,她只是跑过来抱住了我的腿,比起黑暗,似乎更怕自己跌倒。厨房的阳台上传来苏阿姨的声音,我抱起蜂蜜也来到了厨房的阳台上——苏阿姨在跟楼下邻居家的阿姨说话,据说邻居家正在请客吃饭但是也没电了。远处的城市灯光璀璨,但我们小区的这几栋楼变成了黑暗的山谷。苏阿姨盯着手机屏幕,不满地嘟哝着:"物业的电话根本就打不进去了,也不知道有多少人在打……"

蜂蜜非常兴奋的时候,就会做出她的习惯动作,伸出猫爪形的手掌轻轻拍打玻璃窗。苏阿姨在旁边制止着:"厨房的玻璃太脏了我的小祖宗……"然而蜂蜜充耳不闻,她转过脸来,认真地盯住我:"有人在看电影,对不对?"

我没有明白她的意思。她继续不屈不挠地问我:"我们在电影院里面,有人在看电影吧?所以灯都黑了。"

我一时不知道该说什么好——但我听懂她是什么意思了。她是想说我们生活的时空一定是另外一个时空里的人们的电影，现在灯黑了，一定是有一些我们看不到的人们，在某个时空交错的地方静静注视着我们。我惊喜地脱口而出："真有可能是这么回事蜂蜜。你知道有个古时候的人叫庄子吗……"蜂蜜的声音在黑暗里像是幼嫩的水珠一滴滴地落下来："你现在开始说话了，看着我们的人就能看到一行字，在下面。"她的小手比画着一个类似屏幕下方的位置。

"你真是太聪明了，蜂蜜。"我认真地揉了揉两只冲天辫之间的那部分脑袋，小孩子的头颅好像比大人的要软，我心里有个很深的地方，有种非常柔软又很复杂的骄傲缓慢地涌出来，有点类似无声的涓涓细流。但这种新鲜如露水的骄傲，不需要任何人知道，包括蜂蜜自己。

所谓"父亲"，带点儿这个意思吗？我觉得像是醍醐灌顶，但又难以相信。当然了，这种复杂的骄傲里，也包括一层——我对于"蜂蜜版中文"的理解和掌握，显然已经达到了六级水平。苏阿姨又在播报新的来自物业的消息，的确是小区的故障，比较麻烦的那种，目前值班的电工师傅很年轻，处理不了；而有能力修理的那位师傅今天原本不上班，所以正在从昌平的家里赶过来——这么说，以周六傍晚的路况，大概一个小时后可以开始修理了。

"吃鸡块，吃圣代！"黑暗中，蜂蜜上下规律摆动小手的身影酷似招财猫，"买鸡块！大熊说好的。"

"可是现在电梯都不能用了，也不知道外卖还送不送……"苏阿姨语气为难。

"应该是可以的，只不过太辛苦人家了……"崔莲一的公寓在九层，但是我的话并未说完，蜂蜜立即怒火冲天地开始重复："大熊说好的！大熊说好的！不公平！不公平！"

苏阿姨换了一种安抚的语气，在蜂蜜的脑袋上按了按："外卖应该还是送的，只不过我听说，有一回停电，人家需要你自己下楼来拿……"

蜂蜜不停地重复："不公平，说好的，不公平……"仿佛是音响设备出了故障。

"苏阿姨，你看这样行不行……"我必须想办法让这只愤怒的招财猫安静下来,"麦当劳其实就在小区对面,估计走五六百米,可是这个时间,外卖送过来至少半个小时以上,我走过去买都比那个快……"

"一起去!一起去!"蜂蜜的双臂已经成了雨刷。

苏阿姨反复说我们在家里等着大熊叔叔就好,蜂蜜坚决不肯,也许她脑子里的画面是我必然会带着原本属于她的麦当劳纸袋子飞速逃跑,消失于车水马龙的夜色之中——于是我跟苏阿姨表示,那我索性带她去,最多半个小时就会回来,苏阿姨就不必跟着上下九层楼了——不放心的话,可以每隔五分钟给我发个微信,我会随时播报实况给她。苏阿姨说,我必须问问蜂蜜妈妈,你们才能出发。

崔莲一倒是没有问题地同意了,不过后来我和蜂蜜没能按照约定说的,最多半个小时回来。我们晚了十五分钟,差不多四十五分钟后回家来的。我度过了有生以来最漫长的四十五分钟,还是我自己自视过高,我以为经过那三天的旅行,我单独跟她相处就不会有什么问题——事实证明,崔莲一在场和不在场,完全是两回事。而且我忘记了,即使她很聪明，依然是个聪明的原始人。

起初蜂蜜还是很乖的，我抱着她，小心翼翼地走下了九层楼的台阶。她帮我拿着那个老式的粗大手电筒。基本上我每隔五秒钟需要提醒她一句别把手电筒的光照到天花板上去——后来我认命了，因为我已大致凭借着肌肉记忆知道台阶的深浅，而成蜂蜜开始热衷于把手电筒飞速地一开一关，闪闪的光点搅得我神经紊乱，那种烦躁纯粹是生理性的，是的，我们刚刚从九层来到五层而已。"蜂蜜，不要这样玩手电筒好不好？"她依然格外乖巧地回答："不行。"

终于走完了台阶来到了小区里，我试着跟她商量："下来走几步吧，让大熊休息一下。"她非常有把握地说："大熊不累。"

"你真挺沉的，你知道吗？"这句是我的真心话，我自问我平时还是注意健身，可是抱着一个十八公斤重的沙袋下九楼，却比我以为的要费力。她应该是理解了我在委婉地抱怨她的体重，那个老式手电筒敏捷地照着我的肩膀打了一下，可能正好命中一个痛觉神经敏感的部位，一阵麻酥酥的酸痛直接从肩膀蔓延到了手臂。"干吗!"我是运用了一下理智才没有真的对她吼,"你可以打我,但是不能用工具,你知道这样很危险吗?"蜂蜜倔强地抿了抿嘴:"因为你很不礼貌。"

后来她总算同意了下来走走,我牵着她的手,沿着人行道,开始缓慢前行。目测就是五十米的距离,但是我们走了很久。这没办法,她的步伐就是这么小,她走不快。身边不停地有行人超过我们,我想对于蜂蜜来说,这个世界的确大得过分了,所以当我看到绿色的行人灯开始闪烁提示马上要切换的时候,必须重新把她抱起来,赶时间疾走几步冲到斑马线对面去——她刚才拒绝自己走路,现在拒绝被我抱着,一路走一路喊着"大熊坏!大熊坏!"我也顾不上担心会不会有行人担心这个儿童被绑架了,总之,直到闻到了麦当劳里那股熟悉的气味,她才安静下来。我对着屏幕点餐的时候,必须时刻分出一点精神注意她是否还乖乖地待在我的身边。她几乎是立即就注意到了这点,因此,当我的手指在"儿童套餐"那一栏轻轻戳了两下的那一刻,她故意将身体隐去,藏在立式屏幕的后面，然后再火速地把小脑袋探出来，便丁欣赏我恼火的表情。如此这般反复三次，导致我在付账的时候直接出示了微信名片而不是支付码。

我们拿到了取餐号，只剩下排队了，当然成蜂蜜是不会这么轻易就放过我的。她奋力地扬起苹果脸，努力地跟我对视着："要去游乐场。"——她指的其实是麦当劳的那个儿童游乐区。我说："可以，但是等叫到我们的号码的时候你必须马上跟着我出来。"她非常爽快地点头答应，结果当然不会遵守。最终依然是我奋力将她从游乐区抱出来，她一路尖叫，我一手抱着她，一手拎着她的鞋子，然后走到柜台那里不得不用一个尴尬的姿势用兰花指从衣兜里掏出那张印着取餐号的小票。

当我终于左手拎着麦当劳提袋，右手牵着她重新走到人行道上，她心满意足地舔着手里的圣代。这一次我们跟着行人们赶上了长长的绿灯，允许我们俩慢慢地经过斑马线，我如释重负地深呼吸，自我感觉此时此刻的场景一定类似于动画片的结尾，一只汤姆，一只杰瑞……手牵手慢慢地走着，幻觉中的夕阳挂在前方,马上就要"剧终"了,跟随着他们背影的会是温情的片尾曲。然而成蜂蜜舔了一下蛋筒的边缘,斩钉截铁地宣布:"我要尿尿。"

我无力地问她:"那刚才在店里你怎么不说?"她一脸无辜:"刚才你没有问我。"说完了,她接着去舔甜筒。我非常绝望地在心里做了个计算,然后问她:"现在我抱你跑回麦当劳里去用洗手间,我会跑很快,你在心里从 1 数到 30,你觉得能憋得住吗?"她倒是完全不急躁:"不行,很想很想尿尿,马上就要开始了。"不得不说这句话形容得还是挺生动的。如果连 30 秒都无法坚持那么就别想着在黑暗中爬上 9 层楼了……我咬了咬牙:"那么,从 1 数到 10,做得到吗?"她迟疑着点点头:"我试试。"我不由分说地抱起她,麦当劳的纸袋子勒得我手腕生疼,但是顾不了这么多了,我快速地冲进了身边那栋写字楼。

运气不错,电梯立即就开门了。数字在逐个增长,没有 4 层和 13 层,电梯绝对是人类文明之光。蜂蜜听话地数着数,我在旁边耐心地鼓励她数得慢一点,别被液晶楼层数带跑了。甜筒里的香草味乳白色液体似乎蹭到了我的脖颈，但此刻我没工夫在乎这个——这家写字楼的12层上是一间别有洞天的小酒吧，因为离家近，我和崔莲一常常过来坐一会儿，我当然知道这是一个无论如何不适合幼儿出没的地方，可是——人生不是每时每刻都有选择，原始人的人生尤其没有。

吧台后面，老板阿羌一脸惊讶地看着我怀抱着一个小孩气喘吁吁地奔进来，小孩非常委屈地说："……怎么办啊，已经数到11了……"我顾不上寒暄："小朋友需要用一下你们家厕所，快点立刻马上。"阿羌恍然大悟地招呼服务员："Kiwi，带这个小美女去一下洗手间。"Kiwi立刻热情地拉住了蜂蜜的手："哎呀，这个小妹妹长得好漂亮啊……"我就像一条咸鱼那样坐在吧台旁边苟延残喘，肩膀上还带着甜筒的香气，好奇她是如何看出来一个原始人漂亮不漂亮的。阿羌关心地问我："你气色可不大好，要不要给你来杯Martini？"我说好的。什么都行，我需要来一点壮胆——接下来还要在黑暗中爬九层楼，蜂蜜有能力制造各种我根本想象不了的意外。

蜂蜜已经被 Kiwi 牵着从洗手间里走出来了。她一脸从容,愉快地环顾四周:吧台,供乐手演出的那块空地,高脚凳,还有 Kiwi 略浓的眼妆……对她来说这都是新纪元。她坐在高脚凳上,小腿晃得像两只钟摆。阿羌把 Martini 推到我面前,顺便给了蜂蜜一杯橙汁。蜂蜜惊喜且羞涩地说:"……我得先问问妈妈……"阿羌语气极为平等:"那就问问吧,小美女真是乖孩子。"随后阿羌转头看向我:"没事的,就是橙汁而已,我绝对没有往里面掺任何酒精。"崔莲一知道了她来了这个地方说不定会杀了我——我有气无力地看着蜂蜜:"这次可以先……不问妈妈,因为妈妈现在很忙,橙汁是可以喝的,有我在监督着呢。"阿羌自作聪明地补充了一句:"你看,你爸爸都说可以喝了。"

我以为她会马上清脆并且欢乐地纠正阿羌:"他才不是我爸爸。"可是她并没有,她只是欣喜地开始喝橙汁,然后自来熟地与阿羌聊天:"你是在这个地方上班吗?"我提醒自己不要自作多情,然后招呼了一句阿羌:"拜托你帮忙看着她,我去个洗手间,绝对不能让她乱跑。""除了你们俩,"阿羌笑了,"都没别的客人。她是 VIP 好吗?"

在洗手间里,我才有空看一眼手机上的信息。有一条是苏阿姨发来的:"我忘了你们出门前应该让蜂蜜去一下厕所,现在她还好吧?"我苦笑着回复:"很好,我们马上回去了。"另一条信息来自我的前妻,我指的是——第二任,内容也很简单明了,问我某一家的股票这两天已经涨到了某个价位,应不应该抛。我发了片刻呆,然后回复她:"周一开盘可以按照均价抛了。"我们的关系早在婚姻结束之前就已经完蛋,不过我们在专业领域尚且保留着对对方的信任,她会向我寻求一些我能发言的理财信息,而我——遇到牙科方面的任何问题首先想到的是她。除此之外,再没有任何交流。我拧开了水龙头,顺便问自己,当初我们是怎么走到必须分开的那一步的?如果那个时候我们俩有一个孩子,那么是不是就真的没那么多注意力放在对方身上——这样,反而更容易让岁月在一瞬间过去?前妻又回复了一条,不过我没有立刻俯身去看,还在洗手,而且我知道她回的一定是:"谢谢。"她始终是个有教养的人。

有个冒失鬼突然打开了门——阿羌真的需要修理一下他们男厕的门锁了，稍微用力一推，插销便会自动脱扣。冒失鬼有点埋怨地望着我，应该是认为自己遇到了一个上厕所不插门的野蛮人。门被敞开了一个夹角，那个夹角刚好放得下高脚凳上的成蜂蜜。我看到Kiwi正笑盈盈地把一个小小的粗陶碗推到她面前，那里面盛满了花生与开心果。

冒失鬼应该是被我的吼声吓着了，他像是被那扇门烫了一样后退了两步，为我让出通道。我一边飞奔，一边夸张地吼了出来："不能给她那个！她对坚果过敏！蜂蜜你放下，你马上给我放下！"我已经听不见Kiwi大惊失色拼命道歉的声音，洗手间里那个似乎没被关上的水龙头隐隐地在我慌乱的脑子里一闪而过——我又像小时候那样，担心着那上面没来得及冲干净的肥皂泡沫。蜂蜜惊恐的小脸又被按了暂停键，就在我伸出手臂即将够到那个小碗的一刻，她像只吓坏了的松鼠，飞快地把手里的开心果放进了嘴里。

"你给我吐出来！"我试着捏苹果脸的两边，嘴终于张开了,"吐出来!你不能吃那个!那个很危险……"我想我大概面孔过于狰狞了吧,阿羌的声音似乎在遥远地盘旋:"……别这样,别吓着孩子了……"其实真的吓坏了的人是我,我总算从她嘴里掏出来两粒湿漉漉的开心果,还好,形状尚且完整。在往外掏那两粒罪恶的坚果的时候,我的手肘碰到了橙汁的杯子,Kiwi开始忙不迭地擦拭我们面前的吧台,我完全不知道有橙汁一滴滴地沿着边缘落下来,继衬衫上的香草冰淇淋之后,我的裤子当然也别想独善其身。为什么这种糟糕的意外发生时,我总会惦记着水龙头上面的肥皂泡沫呢?

"没事了没事了,吐出来就好了,真对不起,我们是疏忽了,我们送小朋友一盘水果,水果有没有她不能吃的……"蜂蜜爆发出来的哭声轻松就盖过了阿羌的声音,她一边哭一边用力地踢我,如今高脚凳算是帮了她大忙,在踢我这件事上创造了无限便利。我轻松地按住了那两条暴怒的小腿:"你不准踢人!这不是闹着玩的,不信我们回家问你妈妈……"她眼睛里有了真正的惊恐,挣扎无效,稍微休息了片刻,继续用狂暴的哭声压倒我的声音。

  我把她抱起来,走到酒吧门外的走廊上。柔软的灯光笼罩着台阶,让我感觉到所有的哭声都会被谅解,有电真好啊。酒吧不远处有个生硬的转角,几辆手推车胡乱叠放在那里,看上去像是从超市偷来的。我把蜂蜜放在其中一辆手推车里,慢慢地来回推着,起初她因为自己被突然放下了,哭得更为愤怒,随着推车前后挪动,她也渐渐地开始对它产生了兴趣。她抓住推车的边缘,扬起苹果脸,声调非常委屈地说:"走走吧。"由衷的歉意是在此刻突然蔓延上来的,我必须诚实地讲,在我看到她手里捏着开心果的时候,坚硬的恐惧迎面撞了上来,我心里的第一个念头其实是:她要是真的吃下去那个,我和崔莲一之间就完蛋了。我知道这样想很对不起蜂蜜,可是我不能不承认。

  我在那个狭窄走廊里推着推车,走到电梯那边,再走回来。成蜂蜜逐渐安静下来了。我跟她说:"蜂蜜,对不起,大熊不应该对蜂蜜吼,可是我其实是害怕了,我害怕你要是真的把那个吃了,会满身起疹子,会很痒,会肚子疼,会没法呼吸，你一定要记得，花生啊，开心果啊，榛子啊，这些东西对你都很危险。我知道蜂蜜也不是故意要放进嘴里去的，蜂蜜是害怕了，不知道自己在干吗，只是真的要记住你吃了那些东西会去医院，这种事，不是你踢我我就可以说，那好吧，吃了也没关系。不是那么回事。"蜂蜜突然抽噎着说话了："你可以不让我踢你，"她圆圆的眼睛认真地盯着我——这双眼睛可一点都不像崔莲一，"你可以不让我踢你，但是，不能真的不让我踢你。"

我惊讶地笑了出来，因为我居然明白了她在说什么。于是我说："那好吧。你可以踢我，但是你要记得绝对不能再去吃花生和开心果，能成交吗？"她缓缓地点头："可是你刚才还说，也不能吃榛子……"此时 Kiwi 从酒吧里出来，把遗落在吧台上的麦当劳袋子给我们拿了出来，以及洗手池边我倒霉的手机。

后来阿羌爽快地让我们把推车推走——下周择日归还就行了。于是，人行道上，所有人都会回头朝我们的手推车看一眼。蜂蜜的一只冲天辫已经松了，有点软地耷拉下来，不过人还是骄傲地端坐着。有一只擦肩而过的金毛还礼貌地驻足，试图跟手推车里的蜂蜜打个招呼。我一边走，一边想起那杯 Martini 我忘了付钱；蜂蜜时不时会稍稍转过身子来迅速瞟一下，想知道我是否注意到她在偷吃薯条。于是我双眼故意平视前方，在听见纸袋子隐隐传来丝丝细碎声响时，准确地说："你可还没洗手呢……"，蜂蜜恼羞成怒地转过身，无奈够不着，小拳头只能努力砸在我的手背上。

小区里并没有出现那种整栋楼已经灯光璀璨的盛景，但是电梯可以使用了。黑暗中，手推车轻盈地滑进了一块方形的光亮里。蜂蜜迎面看见了镜子中的自己，并且，不需要回头就能看到我。她对着镜子笑了，是种久别重逢的笑容："大熊，电是好人。"我说："没错，蜂蜜说得太对了。"

紧接着她又坏笑了起来："等一下我要告诉妈妈，你弄洒了我的橙汁。"

我们终于可以一起坐下来吃东西的时候，蜂蜜邀请我，还有苏阿姨和她一起看《小猪佩奇》。所幸 iPad 的电量还有百分之六七十，我不记得听了几遍"大家都喜欢在泥坑里跳来跳去",这句话就像是一个咒语,让我的意识在周遭的昏暗里逐渐涣散。当我重新睁开眼睛,已经灯火通明,我发现自己就躺在沙发前面的地板上,地板上有块小小的地毯,正好放得下同样沉睡的蜂蜜,蜂蜜的头不客气地枕着我的肚子,她嘴边一圈番茄酱也慷慨地分享到了我的衬衫上。苏阿姨弯下身子把她抱走,整个世界的空气突然间流通顺畅了。一声门响,崔莲一在门口的柜子上放下了她的包,明明是我在沙发前面等她从外面回家,但感觉上,我才是跋山涉水的那个人。

"我听说停电了?"崔莲一甩掉了鞋子,走到冰箱前面,拿出来一瓶酒,"那蜂蜜都吃了什么?"

我指了指腰间那一抹可疑的红色印迹:"这里,薯条——"再指指胸口处一片介于棕色和粉色的污渍,"这是牛肉汉堡。肩膀上是圣代,哦对了,还有裤子上是橙汁。"

崔莲一笑着拿出来两个杯子:"辛苦了,奖励你喝一杯。"

"你才辛苦。"我看着她,我已完全不在乎自己周身狼狈,"我不过这么一会儿,你已经撑了快要四年。"

"我习惯了啊。"她走到沙发前面,捡起地上的靠垫,"所以你现在明白了,苏阿姨真的是我的天使,如果有天她说要辞职回老家,我觉得我做得出来立刻下跪恳求她,我做错了什么我一定会改。"

她轻松地开着玩笑,可我觉得她今天有点异样。眉目之间,好像在微微用力按压着什么。不过既然她不说,我也不问。二人都保持沉默也好,想理解什么叫万籁俱寂,不需要刻意去大自然里搭帐篷,等蜂蜜睡着了自然就懂了。沉默中我们俩轻轻碰了一下杯,"叮"的一声玻璃的悸动,空气里没有任何涟漪。其实这酒完全没醒,一股涩味,喝了也是浪费。于是我只是呆坐着,看着她从地板上拿起杯子,片刻工夫就喝掉了一半。

"熊漠北,"她用力地抱了抱自己的膝盖,"你是从几岁开始,觉得酒是好东西的?"

"我——"我笑了笑,"我其实从没有觉得它是好东西。只有别人在喝的时候我才会喝,反正不喝也挺无聊的。"

"我是生了蜂蜜以后,才开始知道酒有多好的。"她伸了个懒腰，顺势平躺在地板上，"那个时候我本来想把天花板的颜色换一下，可是房东不准。不过看在他三年都没涨房租的分儿上，我也不打算搬了。"

她深呼吸的声音像是在叹气："蜂蜜刚出生到两岁那两年，我过得最糟。当时我们公司的那部戏有一半的原因吧……是因为我特别坚持——才推进下去，当然，另一半原因是女主角在那两年确实数据好看……为了它我折腾了两年多，没有任何别的工作，没有项目奖金，每天早上睁开眼睛就在想：这个月的房租，苏阿姨的工资，几号还信用卡，幸亏蜂蜜还没上幼儿园暂时不用考虑这个学费……特别奇怪，没有孩子的时候觉得自己赚得足够了，可是蜂蜜一出生才发现，原来需要用钱的地方那么多……"她伸直手臂把酒杯托起来，像是在对吊灯劝酒，"那阵子我也想过，把苏阿姨辞了，送蜂蜜回我爸妈那里住一段——可是，我爸爸身体其实也不太好，我妈会太辛苦了，当初是我坚持要离婚的——我不应该强加给他们这么重的负担，而且对十八个月的蜂蜜来说，我每天早出晚归地工作，我像是一个爸爸，她真正的妈妈其实就是苏阿姨，我不能那么做，那样对蜂蜜太不公平了……"——她们母女都喜欢用"不公平"这个词，崔莲一叹口气，"不过好在，后来那个戏的结果还不错，如果真的失败了——我其实连猜想失败都不敢。"

其实失败哪用得着猜想，大多数时候都会如期而至的。我当然没有那么说，我只是问她："那个时候，你后悔过生了蜂蜜吗？"

"没有。"她坐了起来，开始眼神发亮地从茶几上拿起一盒鸡块——它居然被遗忘了，"我告诉你为什么没有……"她贪婪地把已经凉透的鸡块咬掉一半，"因为蜂蜜出生以后，我就再也没有问过自己到底为什么要活着，以前常常问的。现在——反正在蜂蜜长大成人之前绝对不能死就对了，人生再没意义我也不能死。整个人的精神有了一块特别特别硬的石头当底座——然后，所有的困难就变成待解决的问题，问题永远不会变成我自己的一部分，所以解决问题是不会伤害我自己的……哎呀，算了我表达不好。总之，我以前的人生里，绝大部分的痛苦都是因为我想要那些我不配得到的东西，是蜂蜜救了我。"

"你有什么是不配得到的？在我眼里你几乎没有缺点……"

"熊漠北，"她笑着喝光了自己的杯子，"你肯定是醉了。"

"别喝得太急。"我看着她的眼睛，她正把空杯子在我面前晃，示意我再给她倒上。

"你不要啰唆嘛，我可以的，你也再来点儿吧……"她的脸上开始泛红，"我其实，就是想说，我不是不知道那种滋味，那种活着没意义的滋味——不过我们的编剧，他到底为什么呢……据说他虽然挣得不多可是也没有多大的压力，又不用他养家，他还那么年轻他没有小孩要养，房东还是他的好朋友……他到底为什么，谁的人生没有问题啊，谁会不觉得苦啊，为什么……"

"是这样的莲一，每个人……对'活下去'这件事的兴趣确实不一样。"

"我并不真的是那种人，那种在知道编剧死了以后，只想着那开机该怎么办的……那种人，我觉得我不是那样一个人,可是我是真的被吓怕了,我实在不想再去过蜂蜜两岁以前的那段日子……我好不容易才熬过来,好不容易才能重新生活,重新谈恋爱——"她犹豫片刻,像是下了决心,"我知道,其实我那个时候的日子也远比很多人强,最坏的情况下我还可以带着孩子回爸妈那儿,不可能没路可走——但是你看,只需要这么一点点恐惧,就已经把我变成一个这样的人了。我刚才是到他住的地方,说是代表公司见见家人——其实,我也想看看他的电脑——想试着找找他没交稿的那几集文档,会不会有一部分在电脑里,能找到多少算多少……我满脑子都想着这次的导演很大牌,如果我下周还不能给他剧本他会给大家甩脸色——就这么一点点恐惧,我就已经这么厌了。结果,就在半路上,我收到了这个邮件,他应该是设置了一个定时发送吧。"

崔莲一靠过来,头轻松倚在我肩膀上,把她的手机放在我眼前。屏幕上提示,定时发送的时间是下午十九点半,寥寥几行:

莲一姐，最后的十集在附件里。如果你不满意，只能拜托你找别人来修改了。但是我觉得，应该不至于有太大的工程。我原先想过的，再撑几个月再死，至少等到你们开机，确定一下需不需要我进组帮忙飞页——死这种事，其实也不那么急。可是我好像等不了那么久了，实在抱歉，给你添麻烦了，希望没有造成太多的不便。祝你们一切顺利。

章至童

我想我记住了这位名叫章至童的兄弟。

他真是平静，就像是他一时兴起决定出去旅行。

一层雾气渐渐弥漫在崔莲一的眼睛里："他家的人会把骨灰带回老家去办葬礼，我觉得我得去一下。我还没来得及告诉他，和他合作，很愉快。"

泪光一闪，她的鼻尖红了："不管怎么说，这是他想要的，你说他现在真的自由了吗？"

我捡起酒瓶，帮我自己重新倒了三分之一，酒的味道逐渐舒展，开始醇厚了起来："莲一。"

"嗯？"

"我爱你。"

"即使我这么软弱，你也爱我？"她勇敢地看着我，"一个特别屎的人，不会有人爱吧？"

"这是不是你小时候崔上校告诉你的？"我哭笑不得，"这种事，哪能听他的？"

"说得也是。"她眨眨眼睛，眼泪似乎退了回去，鼻头依然是红的，不过她笑了。

然后我们干杯。

八

初夏来临时的一个星期五，杨嫂邀请我们去他们家聚餐，邀请名单包括：成蜂蜜，崔莲一，还有我——排名严格地区分先后。

我从地铁站上来，需要走不到一公里，才能到达蜂蜜的学校门口。蜂蜜和老杨家的双胞胎如今成了学长与学妹的关系。双胞胎就读于小学部，小学部的教学楼隔壁有一座形状又像蘑菇又像飞碟的建筑物，旁边配备着袖珍版的秋千、滑梯还有沙坑——那就是蜂蜜所在的幼儿园部。每到三点半，蘑菇飞碟里会涌出来排好队的四头身原始生物，背着一模一样的书包，走到门口队伍便会瞬间散开，混杂在人群里，我相信那个书包就是凭证，若干年后，蛰伏于人群中的他们只要把这个书包拿出来,暗号就能对上,他们彼此会心一笑,某个波段就会随之共振,将信息传回蘑菇飞碟里的数据中心——他们就是这样暗暗地占领了地球。

我一眼就在地面停车场里看到了崔莲一的车,但与此同时,冲到我耳朵里的声音却来自双胞胎:"蜂蜜,蜂蜜,蜂蜜——"此起彼伏,声嘶力竭,就好像蜂蜜漂浮在海中央的木筏上。他们俩每次见到蜂蜜都是这么激动,这个我倒是能理解,很多小狗看到小猫的时候就是这样争抢着狂吠的。成蜂蜜有点羞涩地站在两个小男孩中间,略显困惑地依次打量这两张一模一样的脸。片刻之后就适应了局面,跟双胞胎一起跳跃着吼叫,崔莲一的声音在这一片杂音里显得异常可怜,直到杨嫂气沉丹田地冲双胞胎喊了一句:"你们俩跟叔叔阿姨打招呼了没有!有没有点儿家教……"我不由自主地左右看看,因为我曾经亲眼见过,学校门口的保安大叔尴尬而礼貌地靠近,提醒杨嫂不要大声喧哗。

双胞胎里的哥哥漠然敷衍了我一句:"大熊叔叔好。"然后弟弟非常乖巧地献殷勤:"妈妈我没有跟叔叔阿姨打招呼是因为我没有时间，我得帮蜂蜜妹妹拿书包。"他是这么帮蜂蜜妹妹拿书包的——先把书包从成蜂蜜的右肩上拿下来，然后左边就忘记了，他哥哥非常警觉，认为不能被弟弟抢先，于是一个箭步，把蜂蜜左肩上的书包带子紧紧攥在手里。蜂蜜困惑地犹豫片刻，再转头发现书包还是悬在自己身后的，也就放心了。于是三个人并排朝前走，两个小男孩左右撕扯着书包带子，难分胜负。因此书包就在这二人的手臂之间水平悬空着，从我的角度看，它还恰好悬空在成蜂蜜的背后，由于它在双胞胎手中忽左忽右地波动，书包的底部一下一下，有节奏地击打着成蜂蜜的背。蜂蜜没有觉得有任何不妥，并且，不知不觉间，三个小孩的步伐集体跟上了书包打击的鼓点。

我暗暗地笑，对崔莲一指指他们三个的背影："欸，你看，和也，达也，小南……"她皱了皱眉头："什么东西？"我瞬间意识到我们俩还是存在着一些年龄差距："没什么，我小时候非常喜欢一个动画片，讲一对双胞胎兄弟，和他们青梅竹马的小女孩……我忘了我是中年人，这种古早动画片年轻人都没看过。"崔莲一夸张地瞪我一眼："你这么幼稚的中年人我也是头一次见……"

我们并没有时间再多说两句话，因为那三个小孩又制造出了新的争端。蜂蜜站在崔莲一的车旁边惊慌失措地大哭，因为双胞胎正在一左一右地拿她的手臂拔河，要求蜂蜜跟着他们去上杨嫂的车——我只是不理解其实他们的目标是一致的，那又为何要左右拉扯蜂蜜并且不停地冲彼此吼叫。最终还是杨嫂终结了所有嘈杂："都给我闭嘴又想挨揍了是吗……"结果蜂蜜误会了杨嫂要揍的是她，立即噤声，眼泪汪汪地注视着崔莲一，如果把她此刻的表情抓拍下来，可以参加角逐《悲惨世界》小柯赛特的选角。崔莲一抱起她，息事宁人地提供解决方案："这样，你们俩都上我的车，跟我走，这样就能都和蜂蜜一起坐后排……"

我不失时机地加了一句："但是先说好，蜂蜜妹妹的儿童座椅是固定的不能改位置，所以你们俩只有一个人能挨着她坐，来，现在商量好，等下上车不准打架，是石头剪刀布，还是让蜂蜜选……"

杨嫂在一旁若有所思地对崔莲一笑道："以前我没看出来,大熊对小孩子还是有一套的。"崔莲一问："你要不要也上我的车坐副驾?一路上能看着他们……"杨嫂从容地拒绝了:"不用,我能躲一会儿清净简直求之不得,如果路上他们吵得你听不见导航,你直接吼他们就好……"我说:"不然莲一你跟杨嫂的车吧,我来载他们三个……"这次表示强烈反对的是蜂蜜:"我不要!我要妈妈开车……"紧接着双胞胎也开始跟着群情激愤:"不要你,就是不要你,要蜂蜜妈妈……"他们集体反对我做司机,都忘记了要争抢蜂蜜旁边的那个位置,我瞅准这个时机,挨个给他们扣好了安全带。

坐在杨嫂的副驾上,感觉回到了那个我熟悉的人间,即使她按喇叭,都是悦耳的。杨嫂也长叹了一口气:"我也想当个耐心温柔的妈妈,可是——有的小孩不给你这个机会啊。"

前面是黄灯,杨嫂缓缓踩了刹车,等着它变红。也许这是天意——因为平时的杨嫂,一定是毫不犹豫地加速冲过去的。

"杨嫂,想问你个事儿……"

她表情略微惊讶:"你说。"

"就那个……"我咬了咬牙,"买戒指的时候也有号码的对吧?根据手指头的粗细……"

杨嫂是个聪明人,立即惊喜地看着我:"你看!我就知道这个媒人我得做!"

"你千万先别告诉任何人……"任何人在我眼前表达溢于言表的情绪,都会让我立刻尴尬起来,"我不过就是想问问,你知道莲一手指的号码么——"

"那个叫戒圈号,我想知道也容易啊,我叫她陪我去逛逛蒂凡尼,我试戴的时候让她也跟着试,不就知道了?"杨嫂丝毫不掩饰对自己的满意,"现在应该买的是求婚的钻戒,所以我让她试一下中指的尺寸,这其实比较方便,她也不容易怀疑……"

"啊?中指?"

"大熊啊,你不是第一次结婚了。"杨嫂悲悯地看了我一眼,"求婚的时候钻戒是戴中指的,按规矩讲你现在买这个就好了,到真的结婚的时候再买一对白金的线戒做婚戒你全忘了?婚戒用不着马上买的,万一……哎呀,我在胡说八道,你什么也没听见……"

她说得对,不是第一次了,可是上一次类似的细节究竟是怎么回事,我真的没有印象。杨嫂心满意足地长叹一声:"不过我得提醒你啊,真的跟蜂蜜朝夕相处,可能还是会有让你觉得辛苦的地方。毕竟不是亲生的,你还是得做个心理准备。就算是亲生的你也有想把他们吊起来的时候——但总的来说,蜂蜜那个小家伙遇上你,也算是有运气了。不像我小时候……"

我不作声,我知道她接下来又要说那件事了,果不其然——

"……我小学三年级的时候,我爸给我买了一个三块五的发夹而已,都得被我后妈甩脸色……"熟悉的停顿,然后杨嫂又笑了笑,"莲一真的很好,你得好好对她。当初我跟老杨就是这么说的——别的男人看见莲一有蜂蜜,说不定会打退堂鼓,可是大熊绝对不会,因为大熊死要面子,非得逞英雄不可……只要逗一段时间英雄,就什么都好办了,我果然是英明啊。"

我哭笑不得,不知该不该提醒她,不要一时激动就把内心活动完整地朗读出来。至于那个发夹的故事,自我认识她以来,在不同的场合,她至少说过五次。曾有一回,在她离开去洗手间的时候,老杨对此表达了一点个人看法,老杨是这么说的:"你从另一个角度想想哈……她小学三年级的时候,那就应该是1986或者1987年,那个时候一个发夹卖三块五的价钱真的是很贵了,搞不好都是那种外贸商店里的东西——你都不知道什么是外贸商店吧,你那时候也太小……总之,那个后妈有没有可能只是一个比较会过日子的女人,反对她爸爸这么浪费呢?你不能说完全没有这个可能吧……"

老杨可能自己都不知道,说上面那些话的时候他不由自主地压低了声音,尽管杨嫂缺席,可他的表情依旧小心翼翼,就好像是在跟我商量如何谋反。于是我就想吓唬他一下,故意微微收拾一下表情,眼睛看着他身后:"杨嫂今天你不能跟我抢,让我买单……"彼时老杨眼睛里骤然的晴天霹雳,足以成为我今后好几年的快乐源头。

往事自然已无从考证，所有的证据，无非是当事人们言之凿凿的回忆。"三元五角"这个数字，我们即便假定是真的，它也是被随后二十多年中的几次通货膨胀，反复冲刷，直到完全丧失最初的意义。我当然知道杨嫂童年的创伤是真的，只可惜，没有任何一种记忆做得到准确地保存新鲜伤口的味道。

"不过，我下周后半周都有事，"车子驶进了杨嫂家小区的地库，"我尽量编个理由在周一周二把莲一约出来，交给我吧。"

我不知道是不是因为老杨他们家里的家具和摆设特别多，塞得满满当当，总之每次一跨进他们家的门，一种暖烘烘的热闹总会扑面而来。即使是初夏，也觉得他们家随时在准备过春节。戴着围裙的钟点工阿姨从厨房走出来，有条不紊地指挥双胞胎把自己的鞋子摆放整齐。那只平时几乎永远在睡的橘猫今天居然醒着，蜂蜜已经绕着它所在的垫子转了三圈，非常努力地与它示好，但是橘猫岿然不动。

"大熊。"老杨对我招了招手，示意我过来。

我一边走，一边跟他说："欸，我那天忘了问你，特斯拉驾驶体验到底怎么样……"我发现我被他招进了那间双胞胎平时用来打游戏的房间，老杨迅速地关上了房门。

"路上她都跟你说了吧……"老杨的脸上有种黯然。

"说什么？"我心里一紧，"我们路上聊的都是……"我实在不好意思告诉老杨我们聊了什么，可是心里那种不好的预感越来越清晰，就像乌云压顶时，那种遥远的，隐隐的雷声虽然微弱，可就是不绝于耳。

"那她就是还不想告诉你们——"老杨顺势坐在了跑步机上。

"你别吓我。"不会吧？我心里用力地重复着，老杨和杨嫂绝对不可以分开，他们怎么可以离婚。熊漠北离婚是没有人会奇怪的，但是老杨和杨嫂，就是不行。我在自己爸妈家里早就没那么自在了，而我也早已习惯了那种不自在，只有这儿，他们俩的这个家，才是我这十几年来真正的去处。

"我们不是——一直都想再要个女儿吗——"老杨艰难

地解释着,"也实在是因为蜂蜜太可爱了,我们都羡慕,原本都是说说,结果上个礼拜,她真拖着我去医院做孕检,说至少查查咱们俩还能不能生——结果,结果做B超的时候,就发现了,她卵巢上,有个东西——"

还好还好,听起来不是要离婚的意思。

"那个东西,不太好,"老杨像是要躲闪我的视线,索性坐得远了一点,他像是松了口气,"肿瘤标记物的检查已经做过了……医生说,不太好……下周三我们去医院听手术方案,要做完手术后,病理报告才能确定——在第几期,有没有转移……所以她才说,这个周末要叫你们都过来,咱们高高兴兴地聚一次……"

我真是蠢。就在一分钟之前,我还想不到,世界上当然有比离婚更糟糕的事情。现在我明白了杨嫂为什么会特别强调她只能在周一或者周二约崔莲一出来……因为星期三以后她自己也不知道她什么时候会有空了。

"医生还说——很大的可能性要讨论化疗的方案……大熊,"老杨用力地把自己双手十指交叉,看起来像是希望左手暴虐地干掉右手,"我百度过了,卵巢癌真的是——挺凶险的。"

"算了吧!"我迫不及待地否认这个,"医生最烦的就是你们这些庸众啥也不懂还总是百度——你现在胡思乱想是没用的,你听大夫的,而且——而且你应该这么想,幸亏你们做了检查发现了这个……"

突然之间老杨就爆发了,一声怒吼震得我脊背上一阵恶寒:"要不我就说嘛!年年体检,去年还什么都没查出来,今年就这样了!跟她说过多少次了,体检还是得去大医院才靠谱,那些什么贵宾体检机构水平根本不行只会骗你几万十几万地往里扔钱办卡——她不听啊,这个人就这么固执,什么也听不进去……"

我只好装作若无其事地看着老杨用手掌蹭了一下眼角,他想要伪装是太阳穴附近很痒。他只是清理了左边脸颊,右边就自暴自弃地不管了。

"现在最该冷静的人是你。"我只说得出这种正确的废话,"你听我说,咱俩如果关着门待太久,别说杨嫂,莲一都会觉得奇怪了，今晚咱们都装作什么也没发生，杨嫂不愿意让我们知道，我们就什么都不知道——下周三只要手术时间确定了你就发个信息给我，我和莲一定会过去的。"

老杨用力地深呼吸："我知道，道理我都懂。我就是觉得……昨晚我整夜都睡不着——你知道她是怎么长大的，你我都是普通人家的孩子，可是她不是，那么好的家境，但是她活得那么难，连一个三块五的发夹，都得看后妈的脸色这些你都知道的——后来她嫁给我，就连我妈都觉得她是下嫁了，辛苦这么多年，把小饱和小眠带大了，前年我们终于搬进来这个新房子，我觉得以后总算是可以住得宽敞一点让她享受一下人生了……才一年半啊，房子装修的时候我很注意甲醛这些的啊我们晾了大半年才搬来的，到底有什么是我疏忽了……没地方说理……才一年半。"

围绕那个三块五的发夹的叙事，终于是在这样的情境里被固定了下来——不再有第二种说法了。我知道此刻我不应该想这件无关紧要的事，但这件无关紧要的事让我心里一阵凄凉。我只能用力地拍了拍老杨的肩膀："喂，过分了——

你家这样如果只能算住得宽敞一点,那我家就是个壁橱。"

双胞胎在外面用力拍门:"爸爸,爸爸……我们可以教蜂蜜玩游戏吗……"

我用力地盯紧了老杨的脸,他轻轻冲我点点头,站起身,走过去开了门,元气十足地冲双胞胎吼:"不行!马上就要吃晚饭了!"

"求你了爸爸,就十五分钟……"

"对啊对啊,十五分钟——你给我们倒计时……"

杨嫂的声音穿透了客厅传过来:"蜂蜜,想不想尝尝苹果黄瓜汁是什么味道?"

我急急地说了句:"杨嫂,我要喝!我没尝过……"

"杨小饱和杨小眠,你们俩呢……"

老杨见我走到客厅里了,随即也走了几步跟过来,杨嫂正眉飞色舞地告诉崔莲一这种混合果汁需要几个苹果和几根黄瓜是最优配置。老杨清了清嗓子,若无其事地问我:"怎么你想换特斯拉?不然我推个车主的名片给你吧,喜欢的人特别喜欢,可是我也不知道到底好在哪,要我说你折腾啥呀……"

蜂蜜蜷缩在沙发前面的地毯上,脸放在一个垫子上面,好像昏昏欲睡。那只橘猫依旧待在原处,像慈禧太后那样,眯了眯眼睛,优雅地伸出一只爪子,搭在了蜂蜜的脊背上。

这必须是一个愉快的晚上,因为我们都已经下定决心了。

吃过饭以后杨嫂从冰箱里给小朋友们拿出来提拉米苏,倒是把崔莲一弄得很馋。于是这位慈母非常热情地把蜂蜜抱在了自己的膝盖上,这样就可以时不时从蜂蜜的盘子里分享一点甜品。老杨无奈地说:"给你单切一块不就好了,又没那么贵。"崔莲一倔强地摇头:"不行,今天已经吃了太多碳水。"

我想,童年时代打量着那个三块五的发夹的杨嫂,眼神应该跟现在差不多——她此刻就是那样出神地看着蜂蜜,然后突然地笑了笑:"我是不可能再有个女儿啦——欸,莲一,你为什么不让蜂蜜跟你的姓?"崔莲一的眼睛好不容易离开了提拉米苏:"这个——说来话长。"老杨果断地接口:"都是炎黄子孙姓什么不好,不要那么狭隘。"崔莲一却还在很认真地解释道:"其实在我还没有怀孕的时候,当时就决定了,如果以后有个女孩,就叫成蜂蜜——我实在喜欢这个名字,成蜂蜜,听起来像是一句话,有完整的意思,所以哪怕离婚了我也舍不得换。要是跟了我的姓……"她脸上掠过一丝为难。"崔蜂蜜……是有点奇怪哈。"杨嫂开始认真地斟酌字句。"就是的,听起来太像一个养殖大户了,能上农业新闻的那种。"老杨附和。

杨嫂抬起眼睛,有意无意地看我一眼:"要是哪天真的跟了大熊的姓,那才叫……"崔莲一立即清脆地笑了起来,老杨一边笑一边说:"熊蜂蜜——哎哟,真的有人能叫这种名字吗……""我觉得这个名字不错啊……"我无力地试图反驳,结果自然是淹没在又一阵新的笑声里。蜂蜜叼着勺子无辜地抬起头,左右看看,决定跟着大家一起笑。

很多年前,某一天的饭桌上,其实我妈曾经认真而苦恼地问过我:"你说,妹妹该叫什么名字好呢?我昨天晚上想了好几个,都不满意,我都写下来了,北北你看看……"我瞟了一眼妈妈展开的那张纸:"熊蕊欢,熊漠雪,熊涓涓——"

我迅速地把头转开，感觉那一连串的字都是些陌生人，还让人很肉麻，所以我说："为什么不能是个弟弟呢？""没那种可能。"妈妈简短地在空中一挥手，似乎这是一个完全不值得讨论的问题，"我梦见她了，我梦见送你爸上火车，就在站台上，她摇摇摆摆地直冲我走过来，她穿了一条深蓝色的水手裙——好大的眼睛，总之，一定是她，你妹妹。哎，一个女孩子，生在你们家，真是倒霉——"她照着自己的额头上夸张地一拍，"姓熊，怎么起名字，都不是那个味道……"那个语气，完全是在抱怨老熊先生，虽然他并不在场。我努力地想了想，可我依然想不出来如果换了老熊先生，他会怎么回答这个问题。于是我说："那你就不要选这么肉麻的字了，看看熊喜欢什么东西嘛——""欸？"妈妈的眼睛亮了，"熊蜂蜜，怎么样——"然后她被自己逗笑了，"这哪像是一个人的名字，可是我觉得还挺好玩的，你说是不是……"我其实也觉得不错，可是我很担心，一个姓熊的女孩，名字还叫蜂蜜，大家都会围着她哄堂大笑的，想想都觉得那是个噩梦。所以我很恼火地冲着妈妈叫出来："不行！难听死了，绝对不行……"

当我知道崔莲一有个女儿的时候,并没有马上问她的名字。所以,初次见面的那天,当我听到那句"我是蜂蜜,我三岁"的时候,我还以为是个错觉。只能说,确实存在"巧合"这回事。

一个星期后,杨嫂进了手术室,摘掉了两侧卵巢,还有子宫。

九

我似乎说过,在杨嫂怀上双胞胎之前,她一直不那么喜欢我,准确说,是不那么想看到我。这里面当然是有些原因的。

那是十五或者十六年前——所以说是很久很久以前应该也不算修辞手法,我和老杨是室友,我在学校食堂外面的公告栏贴出来寻找合租室友的公告,就这么认识了老杨。二十出头从没出过校门的我,打量着一身江湖气的老杨,总是不知道该怎么接他的话,然后又不由自主地接受了他对很多事情的安排——如此说来,好像直到今天,这一点都没什么改变。

我当时在一个生意很好的中餐馆打工,赚一点零花钱——因为功课很重,所以我一周只能去两个全天,外加一个晚上。那年年底,店里人手短缺,我就把老杨带去给老板娘看了看。我怎么也没有想到,老杨应该是在电视剧里听说的,平安夜那天会有很多犹太人来光顾中餐馆,就为了这一个晚上,他提前几周在亚马逊买了一本很旧的《塔木德》,也不知道是否真的为他提供了跟客人之间的谈资,但是他说管用。没过多久老板娘就惊喜地发现:老杨有办法取悦这么多客人。他的英语口语谈不上出色,但是跟谁都有的聊;遇到华人客户更是如鱼得水——作为半个在四川小镇度过童年的上海人,出国之前又在香港人的公司里闯荡过,好几种方言他都能切换自如。于是,一个月后,老板娘一面满怀欣喜地感激我为她带来了老杨这个宝藏,一面毫不犹豫地把我辞了——不是对我个人有什么不满,主要是有老杨在,我实在没什么用处——号称自己是深圳人,连一句广东话都不会讲。

这不是老杨的错,但是他不这么想,他怀抱着的厚重的歉意成了我们俩的友情真正的基础。后来,在中餐馆的熟客里,老杨认识了一位做得很成功的房产经纪。当时开始有越来越多的中国人过来置办房产,这位 ABC 房产经纪需要一位普通话流利的助理,那是老杨的第一个真正意义上的机会。其实我们都觉得,老杨会顺利地沿着这条路走下去,然后考取房产经纪人的执照,再然后一步步成为那个ABC的合伙人,甚至自己单飞,再再然后就是日进斗金并且认识三教九流的朋友乃至成为当地华人圈的码头之一……可是他遇到了杨嫂。

比较尴尬的一个事实是,杨嫂的前夫也姓杨,当然这是小事,我的意思是说,我还真的——一直都这么叫她。大学期间的某个暑假,老熊先生托了很多关系,把我塞进北京一家很著名的券商总部去实习,杨总当时是那里最年轻的高层。在任何一家大机构里,实习生都是一个奇怪的存在——很多活儿确实是他们干的,很多人他们也确实认识了,很多或复杂或激烈或狗血的剧情真的在他们眼前发生,但是说到底,他们并不是真的观众。他们不过是给所有进场的观众剪完票之后,随便捡了个空位子坐下而已。所以当我收到杨总的邮件,有种非常不真实的感觉。杨总只是说,想来想去,他在这个州好像没什么朋友,只能问我或者我的父母认不认得什么可靠的房产经纪人推荐给他太太。我又看了一遍,应该是杨总本人的邮箱地址,语气也不像是他的秘书——直说了吧,就是我把老杨介绍给了杨嫂,我偏偏还认识杨嫂的前夫,这就是有一阵子杨嫂不太想看见我的原因。

起初我有绝对的信心,把杨总的太太交给老杨去招待,一定错不了。两周里,老杨带着她看了一栋又一栋的房子,不看房子的时候就带着她去城里转,要么博物馆,要么购物,要么去码头,以及带她去吃了因为店面狭窄所以其实不那么好找的龙虾汉堡。有一天杨嫂要请老杨吃晚饭表示感谢,并且顺便邀请了我。整顿饭我都很沉默,实在是他们俩一来一往聊得过于默契了,我不知道该说什么,也不想问房子究竟买到了没有——对于我而言那是另一个世界的事情,我完全不想假装那个世界和我有什么关系。杨嫂总算注意到了我,她笑盈盈地说:"大熊,你怎么这么内向?"

对于绝大部分人,远离故土,再加上酒过三巡,一定可以开始跟别人聊自己的人生。我就是在那一天,第一次听杨嫂讲那个三块五的发夹的故事。

杨嫂嫁给杨总,算得上是一个传说中的政治联姻。当然,彼时的我只是鹦鹉学舌,并不真的理解这个词意味着什么。杨嫂说,她起初也以为,那不过是一个最俗套的故事——她找人拍到了杨总跟另一个年轻女孩出现在酒店大堂、在机场、在餐厅的照片。她获得了准确的情报,知道了他们预定的酒店的名字。当她踩着厚厚的地毯寻找正确的房号的时候,心里也在嘲笑自己,明明已经是如此烂大街的情节了,可是她的心依然"怦怦"地跳,她觉得自己无论怎样也做不出一个耳光打在某个陌生人脸上的事,虽然电视剧里好像都是这么演的……门开了,心跳声似乎消失,事实上,世界万籁俱寂——出来开门的姑娘,并不是照片上的那张脸。

果然,杨嫂本能地说了句:"对不起,我找错了。"但是女孩微微一笑,非常得体地说了句:"杨太,该我说对不起。"

那天杨嫂从酒店走出来,沿着东三环,等回过神来的时候,人已经走到了望京。她脑子里时时刻刻盘旋着女孩的一句话,那个女孩说:"您照片上的这个人我也见过的,除了我,和她,还有……一些别人。"杨嫂先是沉默了片刻,觉得再沉默下去就真的冷场了,于是杨嫂脱口而出:"你应该还不到二十岁吧,为什么不好好学习呢?"

杨嫂喝干了自己的杯子,看着我笑了笑,我知道我已经安静得有点不礼貌了,杨嫂说:"看把大熊吓的。其实,我应该也是吓坏了,只有吓坏了的人,才会跟和自己老公上床的姑娘说——你应该好好学习。"

也许她希望我也跟着笑笑,可是我没有。我只是问她:"那后来呢?"

"后来啊——"她又是很认真地笑笑,"后来我不就到这儿来了吗?他跟我说——去买房子吧,买在豪宅区,顺便出去玩玩,你要是不放心,这个房子写你家任何一个人的名字都好,全是你的,跟我没有关系,你是不是就安心了……"

"操!妈的他以为自己是谁啊!"老杨的吼声震得我耳膜里"嗡"的一声,然后他摔掉刀叉站了起来,眼睛里红丝迸出来,但是听声音却也没醉到那个程度,"欺人太甚!有几个臭钱了不起啊——motherfucker,他根本就配不上你,他——配!不!上!"

杨嫂和我都吓呆了。老杨似乎也不清楚接下来该怎么办，他倒退了几步，视线似乎搜寻着滚落在地上的那把叉子。我非常尴尬地跟靠近我们这桌的服务生道了个歉，他说去给我们拿一副新的，他那副慢吞吞的样子——如果在我们店里，是会被老板娘骂的。等我调转过头，老杨仍旧呆呆地站在那儿，杨嫂仍旧看着他——她似乎是想笑，接着眨眨眼睛，视线不好意思地转向了窗外，杨嫂说："再喝点儿，好不好？"

如果不是第二天有门课要考试，我不会在十点的时候站起来告辞。我也舍不得走，可是那些年，无法毕业是我最害怕的事情。回家以后我复习到凌晨四点，然后辗转反侧了一会儿，直到入睡，也没听到老杨回来的那一声门响。考试的时间是次日下午，我感觉还行，傍晚到家的时候，发现老杨在厨房里，清洗着积压了好几天的杯碟。

我看着他的背影，想说点什么，不过还是算了。这时候老杨并没有回头，但是我听见了他缓慢的声音，他说："中午的时候，我把她送去了机场。"

我发了片刻的呆，才说："这就回去啦？那……房子不是还没买?"

老杨还是不回头:"等会儿我来做饭吧,我把那块牛肉解冻了,我们吃萝卜牛腩。"然后他用力地撕了一条黑色的防水胶带,在水龙头上用力地缠了好几圈。太用力了,肩膀和上臂都在微微地发颤。

我说:"老杨?"

他说:"回头你跟房东说一声,这个水龙头又不行了。"

我转身打开了门,下楼到路口的小超市买了一提啤酒。就这么一会儿工夫,外面开始下雨了。是那种蒙蒙的细雨,不打紧,我把卫衣的兜帽套在头上,一路跑回去,空气清冽得有些悲凉,我用力地呼吸了几下。

直到那间狭小的房间充满了牛肉的香气,我和老杨都没再交谈什么。我们把啤酒打开,一人一罐,老杨说牛肉再慢慢烧一会儿会更好吃,于是两个人都没站起来,喝完了一罐,再开新的。然后一阵敲门声就急促地响起来,雨珠打在玻璃上面,窗外天已经彻底黑了。

我打开门,看到杨嫂就站在门边,我其实没有很意外,但是回头一看，老杨的脸色顿时惨白。杨嫂径直走了进来，她那件薄薄的黑色大衣上滚着一层细细的水珠。张嘴说话，吐出来的先是雾气。那是我的记忆中，杨嫂最漂亮的时刻。

"我在机场给他打电话了，"杨嫂盯着老杨，"我跟他说好了，我非离婚不可，我放他自由，我可以瞒我爸一两年，等他最关键的这段时间过去，再告诉我爸。我什么都可以商量——只要你跟我回北京去。"

老杨缓缓地从沙发里站起来，那张沙发到了晚上要打开，就是他的床。他转身去到厨房的水槽——没错，从客厅的沙发，走到我们的水槽，只需要三步。他用力地把水龙头上的黑胶带撕下来，一圈一圈，咬牙切齿。然后他把水龙头打开，之前被胶带缠住的地方冒出一股细细的水柱，像是喷泉一样，瞬间就把水喷溅到了老杨的领口。

他转过身看着她，他说："你都看到了，就连这样一个水龙头，都不是我自己的。我拿什么跟你在一起？你不过是一时糊涂，等你回去，冷静下来，就什么都忘了。"

"我不管！"杨嫂走过来，一把抱紧老杨，如痴如醉地亲吻他。

他们拥抱彼此的样子，不太像是人体，而像是两株缠在一起的植物。我已经缩到了墙角，退无可退，只恨自己不是哈利·波特，没有穿墙而过走到九又四分之三站台的本事。他们对我的存在熟视无睹，我绝望地想，他们到底什么时候结束，水龙头上的水还没关，爱情这个东西，太浪费水了。

我跟随着医院门口的人群走进去，杨嫂手术之后，这是我第一次来看她。这些天我总是想起那个老公寓里的水槽，还有窗外下雨的声音。那仿佛已经是上辈子的事情。

每一次穿过医院的挂号大厅，我都会被里面的熙熙攘攘吓呆。那个人流密集的程度就像春节前的仓储超市。我甚至不能骗自己说虽然人一样多可是氛围大相径庭——不是的，任何地方，只要开始人流拥挤，随之而来的势必就是热闹。不管是热闹地等着过年，还是热闹地等着死。只要一热闹起来，可能很多的惨绝人寰就没那么惨了。而问题的核心是——

我要去的原本是病房，我不应该跑到挂号大厅里来乱转，可是我走错了路。

病房的那栋楼倒是安静，杨嫂独自半躺在床上，见到我来了，身体懒得动，只是笑笑——笑得也潦草。"老杨没在啊？我听他说了，"我自己搬了椅子在床边坐下，主动省去所有寒暄，"应该是早期，没多大事儿，接下来你就踏实等其他的报告吧，一切遵医嘱……"

"老杨今天得先把小饱和小眠送去我爸那儿，等会儿就来……"杨嫂倒是继续笑，笑意开始认真，"戒指买了没啊？"

"还惦记着这个呢——"我大惊失色，"买啦，放心吧，你现在疼不疼……"

"几克拉？"杨嫂的眼睛顿时亮了。

"我看——你离痊愈不远了……"

"我那天就直接到莲一他们公司附近，告诉她我得癌症了，我需要有人陪我逛街聊天，给她吓得——几分钟就冲了出来，我说干吗她就干吗，所以戒指试戴得特别顺，我们去的是国贸那家蒂凡尼……你就说吧，你怎么谢我？"她突然安静了下来,笑意从嘴角缓缓丧失,"跟你说正经的,我把小饱和小眠托付给你了。我知道你和老杨是最好的兄弟,可是只要你今天答应我,你从此就是两个孩子的舅舅,你明白我意思,如果我真的……"

"你在胡说什么!"我站起身的时候椅子在地面上拖拽出刺耳的声音,"早期是什么意思你不会不懂吧,你自己百度一下看看,卵巢癌第一期第二期的五年生存率是百分之八十……"

"现在只能说也许是早期,我真的会不会有这么好的运气我不知道……而且,就算你说得对,我也不能因为我有八成的机会不会死,就完全不替孩子计算那剩下的两成……"

"死什么死!"我觉得站着过于尴尬,只好颓然地坐回去,"我外婆还活着呢,你死什么?"

"你没听过什么叫黄泉路上无老少?"若是平日,当杨嫂做出这个柳眉倒竖的表情,配合着的一定是——大声喧哗,至少也是一声断喝,可是今天她的声音居然更微弱了,"大熊,我走了,老杨会再娶的,你别跟我杠。你心里也清楚这是很有可能的事儿，我还不如莲一，我的小饱和小眠没有一个能替他们出头的姥姥家——所以你得答应我，如果孩子们真的受了委屈，你就算是跟老杨翻脸，也得站他们这边，能不能做到？"

"做得到做得到……"我举手投降，"我什么都答应你，你能不能认真配合治疗不要整天想这么多剧情？"

杨嫂的脸上也有点讪讪的，她放松了一些，靠回枕头上："今天早上你猜谁来看我了？"

我不用猜，其实我一走进来的时候，看到床头那两簇蓝紫色的绣球花，我就知道是谁送的。于是我只好笑笑："不就是李绗。都多少年的事了，你无聊不？"

杨嫂伸了个懒腰："我真的好想把蜂蜜的照片拿给她看看，告诉她这是你闺女，你现在过得特别好，好好气气她——不过一想，我一个癌症患者，康复期间，还是慈祥一点比较好。"

"蜂蜜长得一点都不像我，你也骗不了人……"

"就是因为长得不像你啊……"杨嫂终于开始眉飞色舞起来，"谁都知道单凭你自己你肯定生不出来蜂蜜这么好看的孩子,所以才能刺激她嘛,就让她猜你是不是娶了个大美女……我过去对她也是不错的吧?你们离婚以后第二个星期,真的,也就过了四五天,我到他们诊所去洗个牙,前台的小女孩就跟我说我的VIP折扣没有了,没有了!我跟你说大熊,这件事我记一辈子。反正我这辈子估计也没几天了……"

门开了,崔莲一站在一位护士身后,好奇地往里面张望:"什么东西要记一辈子?"

护士是来给杨嫂输液的。虽说杨嫂住的是单人病房,但是格外地狭窄。为了不影响护士操作,我和莲一只能并排站在病床与墙之间的那道缝隙里。于是我索性拉着莲一来到了走廊上。我们目送着又一个护士走进了病房,她们交谈的片段隐约传出来,似乎医生等会儿要过来见她。

崔莲一转过头认真地看着我:"我刚刚其实在门口站了一会儿,我都听见了。"然后她笑了,"欸,你前妻真的好美。"

我像是被自己呼出来的二氧化碳呛住了:"等一下——你怎么会——"

崔莲一咬住下嘴唇的样子像个高中女生："是杨嫂给我看的照片——你想想看，两个女人一起逛街喝茶，她们不聊点八卦像什么话……"——嗯，真行。即使其中有一个女人已经确诊癌症。崔莲一认真地解释着："杨嫂给我翻出来的还是他们牙科诊所的网页，穿工作服的照片都那么美，熊漠北，我之前是不是小看你了？"

　　我知道此刻任何转移话题的办法都是拙劣的，但是也只能如此了，于是我硬着头皮说："那两个护士怎么还不出来，杨嫂不会有什么事吧？"

　　崔莲一只是礼节性地往门口看了一眼，随后立即把视线挪回来："那你当初是怎么能娶到李大夫的？"

　　"我本来就是备胎，你满意了？"

　　"你该不会是因为自卑才选我的吧？"崔莲一的眼神里顿时充满真挚的同情。

　　"你该不会是因为自卑才问这种蠢问题的吧？"

　　"熊漠北，你好像真的变聪明了。"她歪着脑袋。

　　"都是被成蜂蜜锻炼出来的。"这句话倒是绝无半点虚假。

走廊的尽头，缓缓靠近我们这个方向的人影似乎是杨嫂的主治医生。崔莲一的语气终于开始紧张起来："还是给老杨打个电话吧，催他一下，医生万一是来通知最终的报告结果呢？"

话音刚落，我的手机像是心有灵犀，微信提示音就传送了过来。是老杨的信息。我把屏幕凑过去让崔莲一看："老杨在停车了，立刻上来。"

崔莲一的手放在胸口上深呼吸了一下："之前你说的，应该是早期？那为什么还有最终报告？"随即她紧张地闭上眼睛摇了摇头，"不会不会，不可能是坏消息的。"

"我理解的是，根据手术时候看到的情况，医生大体可以判定是早期，可是真正的结论要等详细的病理报告出来才能判定……"

"哦——"她缓缓点头，"医生的前夫，果然不一样呢。"

"牙医……"这两个字像是从我的牙缝中挣扎出去的。

主治医生终于在门口站定了："您二位也是——家属？"

我迅速地站起来："是的。不过，她先生马上就上来了，如果您要说报告结论的话,能不能稍等一会儿?"

主治医生没有说话,她甚至没什么表情,淡然地点点头,推门走进了病房里。

"我们需要跟着进去吗?"崔莲一问我。

"不然,等老杨来了一起?"我的心开始在胸腔里用力地跳动。

"我也是这么想的。"我抓住了崔莲一的手,她的手指居然在微微发颤。

她长长地叹了口气:"为什么会是杨嫂?真的是人生无常。"

"对,人生无常,"我抓紧了她的手指,"所以,不然你就嫁给我吧。"

她惊愕地睁大眼睛看着我,看了几秒钟,随后她像是惊魂未定似的问我:"嫁给你,人生就不无常了?那才是最大的变数吧。"

"我知道现在不是时候,你不用急着回答我,你也可以拒绝——总之我愿意和你一起照顾蜂蜜,我也愿意永远做蜂蜜的朋友。这一年来跟你们在一起我真的很高兴。"我笨拙地从外套里面的那个兜里把那个丝绒小盒子拿了出来,"要不你先打开看看。"

不远处有个人正在朝我们走过来,应该是老杨没错了。

崔莲一打开了盒子,一脸恍然大悟:"我想起来了,那天杨嫂叫我陪她去试戴戒指,其实……"

我看着她的脸,顺便祈祷老杨能走得稍微慢一点。

"不好意思,"我压低了声音,"我也知道这个场合不那么合适,不过打死我,我也做不出来那种买一堆气球然后当众下跪什么的……"

"千万不要,"她拍了拍额头,"我也丢不起那个人。"

"所以你看,这又是一个理由,证明你和我挺合适的。"

她再度咬了咬嘴唇,然后很逞强地笑了笑。她把那个戒指从盒子里抠出来,紧紧地攥在了手心里:"如果杨嫂的病理报告是好消息,我……我再做决定……"

我们站了起来,老杨一定以为我们是在迎接他。我推开了病房的门。

医生的脸上一点笑容都没有，所以起初我有点怀疑，我是不是真的正确理解了她的意思。她说杨嫂的肿瘤精确的分期应该属于1b，我听起来似乎是属于第一期中间的某一个档位，应该是不坏的，可是她一脸的不苟言笑让我不好意思提问题——似乎只要她说话被打断了，杨嫂的病情就有可能加重——果然，医生说到"但是"了，我心里一紧，"但是"后面接着的就是一串我们不太可能明白的术语，还好她最终翻译成了普通话——虽然手术做得非常及时，但是根据杨嫂肿瘤的某些特殊性，为了确保万无一失还是建议做几次化疗——老杨就在此刻突然激动地握住了拳头："大夫，您说怎么治就怎么治，多少钱都行，这个您不用担心……"我实在看不下去，拉了他一把。

医生终于笑了笑，她说："我马上就要说到该怎么化疗了，您别急，但总体而言，我们的情况是乐观的，一定要……"我终于明白也许这个医生并不是冷峻，她只是比较容易尴尬。当她终于转身走出病房的时候，莲一扑上去紧紧地拥抱了杨嫂一下："没事了没事了……"杨嫂的声音从她的双臂之间沉闷地传出来:"怎么就没事了,还有化疗那关要过呢。""你相信我,"崔莲一在开心的时候从来都是丝毫不掩饰自己的愉悦,"化疗早就不是电视剧演的那么可怕的事儿了,而且你没听见吗,你只需要做很少的几次而已,你就放心吧,你没听大夫都用了乐观这个词——"

老杨瘫坐在墙角的椅子里面,呆坐几秒以后就开始哭。一边哭,一边自言自语:"这就算是过去了吧?这就算是都过去了吧?别再吓我了……"我完全不知道该怎么办,这么狭窄的空间里装作没看见也不太合适,还好杨嫂那声熟悉的怒吼及时赶到了:"你想气死我啊,莲一、大熊你们俩都看看这个丢人玩意儿——"崔莲一迅速地走到老杨身边轻轻拍了拍他的脊背,然后笑着对杨嫂转过脸:"老杨这是高兴的,你怎么连这个也不懂……"

"哎?莲一!"杨嫂突然兴奋了起来,"那是什么让我看看……"

她的左手中指间多了一点闪闪的亮光,我是用了一秒钟才理解这究竟是什么意思。杨嫂敏捷地抓住了崔莲一的手腕:

"老杨你快看啊,一年啦,咱们这次是真的喝得上喜酒了……"

莲一为难地说:"没那么快!还有好多事没计划没安排呢……"

老杨胡乱地用袖子在脸上蹭了一把,还带着哭音:"这戒指是在哪儿买的,怎么不问问我啊,钻石这个东西不能图品牌,我这边有特别好的渠道,还能帮忙镶嵌……哎,大熊你人呢?"

我就在老杨抬起胳膊抹脸的那个瞬间,顺势躲进了洗手间。我不知道崔莲一是在哪一刻把戒指戴上的,也许是在和杨嫂拥抱的时候。这个场面我也不是不会应付,只不过,有一件大事发生了。我打开水龙头,看着水流出来,原本是手指那么粗的一簇,到了水池里就散开了。小的时候我经常这样偷偷打开水龙头看它们,它们终于自由了,然后就消逝了,外婆看到了就会说这样玩水是作孽的。认识成蜂蜜的这一年来,我经常能回想起我小时候的很多连"事情"都称不上的片段。

我知道我不能总在这个洗手间待着,那扇门总是要开的。

我得出去，和这几个我最亲近的人一起庆祝，庆祝劫后余生，庆祝爱情胜利，庆祝我自己又一次成了未婚夫。但其实，如果这扇门一定要被什么人推开的话，我希望那个人是蜂蜜。只有成蜂蜜不会嘲笑熊漠北，至少在她长大之前不会。

但是成蜂蜜终归是要长大的，杨嫂用了大半个夏天熬完了化疗，蜂蜜就四岁了。四岁生日过得很简单，就是跟老杨一家人一起吃了顿饭，依旧选了去年我过生日时候的那家餐厅。只不过这一次，是杨嫂牵着蜂蜜的手，带着她去看鱼。不让看鱼就不同意洗手——这一点上，无论三岁还是四岁，成蜂蜜都没有丝毫改变。

杨嫂瘦了很多，从背影看上去尤其明显。只不过我们几人都像是刻意地不聊这个。

"莲一，"老杨的笑容略显无奈，"你是不是也太宠着蜂蜜了？"

"有吗？"崔莲一满脸真诚的疑惑。

"我是觉得啊……"老杨脸上有种不由自主的歉意，"饭前洗手这种事是原则，这种事上你不能接受孩子跟你讲条件。"

崔莲一更加错愕而无辜:"是吗?我是觉得——没那么多原则,反正我只是需要她把洗手这个事儿完成。"

"你也没错啦,只不过……"一声沉闷的巨响打断了老杨,他瞬间表情狰狞地吼出来:"出门的时候我说什么了!"——双胞胎不知为何决定把桌上那一大瓶白水里面的柠檬片取出来,那个宽口水瓶估计从没经历过两只手臂一起争抢着伸进去,非常争气地应声而倒。服务生立即赶上来给我们换桌布……小饱和小眠像是心有灵犀那样立正站好,看着老杨铁青的脸,毫无惧色,同时将食指指向对方:"爸,是他干的。"

老杨的日常生活里为什么需要那么多的原则,我其实也能理解。

后来他们就把这两片拼死拿到的青柠片送给了蜂蜜——其实原本要送的是三片,但其中的一片已经被小眠放在嘴里含过了,因此被杨嫂强行夺走扔掉了。蜂蜜非常惊喜地把两片绿色柠檬摆在自己吃蛋糕的盘子里。杨嫂摸了摸蜂蜜浑圆的后脑勺,问她:"蜂蜜,你是怎么分得清楚他们俩的?"

蜂蜜茫然抬头,不太明白这个问题。

杨嫂继续耐心解释:"你不觉得小饱和小眠长得一模一样吗?"

蜂蜜努力嚼了嚼蛋糕,再努力吞咽:"他们是一个人呀。"

四个大人全体面面相觑。而双胞胎在一心一意地啃乳鸽,身边发生的对话似乎毫无意义。

"怎么会是一个人,他们是哥哥和弟弟,只不过不小心长得完全一样。"杨嫂试图努力地解释。

"宝贝,"崔莲一来了真正的兴致,"你看啊,你也知道他们一个人的名字是小饱,另一个人的名字是小眠,那你为什么会觉得两个不一样的名字指的是同一个人呢?"

蜂蜜用力地用叉子逮住一块猕猴桃,看似漫不经心地说:"小饱有镜子。"

"所以蜂蜜,"一片死寂中,我难以置信地问,"你从小跟他们俩一起玩,可是你一直都觉得,其实只有一个人,而另一个人是镜子里的?"

蜂蜜微微扬起苹果脸,满意地点点头,眼神里全是宽慰,总算遇上了一个明白人。

"那你看看他们俩,谁是真的?谁又在镜子里?"杨嫂饶有兴致地冲着双胞胎的方向比画了一下。恰好此时,小饱带来的乐高小人掉到地上了,他立即爬到桌子底下去捡,而小眠还在专注地吃——当然,也许钻下桌子的是小眠,留在那里吃的是小饱,我分不清。

她似乎被这群大人弄得有点烦躁,但还是勉强维持着修养,这一次头也没抬,只是静静地说:"不确定。小饱进去镜子里的时候小眠就出来了,小眠回去镜子里,换小饱出来。"说话的时候她脸上甚至有种嘲讽——这么显而易见的事情还有什么好解释的。

"这简直是科幻片啊!"老杨叹口气,然后大笑了起来,"蜂蜜这个孩子真是太有意思了……宝贝我跟你说啊,不是那样的,双胞胎是这么回事……"

崔莲一和杨嫂异口同声地阻止他,杨嫂的音量依然轻松获胜:"明年的今天她应该就明白了,你何必现在告诉她?"

满桌的笑声已经毫无节制,在我意识到这一点的时候已经来不及了,蜂蜜愤怒地环顾四周,教导主任的怒气充满了她的眼睛。然后她就毫不犹豫地转身,对着我的胳膊打了一拳。"喂,为什么打我?"我问她,"你看我没有笑啊,你不能欺软怕硬……"

我的手机恰好在此时开始振动,屏幕也跟着亮了起来。来电显示的名字居然是我的老板,我心里顿时一紧——他给我打电话的时候通常是深夜,很少在周末的午饭时间。我对莲一做了个手势,她立即点点头,我拿着电话走出了包间。

走廊上相对安静,所有笑声都隔了一堵墙,我在屏幕上滑动了一下,电话接通了。

我只能说,如果我没有认识过崔莲一和成蜂蜜,那就是我成年以来接过的最重要的一个电话。只是,"如果"是不存在的。

十

秋日再度正式来临,某个星期五,成蜂蜜消失了三天。这次消失的时间略久——她跟着她爸爸去了上海的迪士尼乐园。算是成机长给成蜂蜜庆祝四岁生日的办法。为了方便照顾她,这回成机长连苏阿姨的机票和门票都一起买了,虽然我不太服气,不过得承认,他倒是无意中做了一件很正确的事。

但是从上海回来之后,成蜂蜜对我就格外地不友好。"不友好"真的是一个非常有礼貌的说法了——比如说,我只不过是问问她在迪士尼最喜欢玩哪个项目,她便毫不犹豫地给我一拳;我跟副驾上的崔莲一说话,说起什么时候我们可以一起带着蜂蜜去看烟火秀,她妈妈还没来得及说什么,成蜂蜜已经狂暴地在儿童座椅中踢我的驾驶座："大熊坏！大熊坏！"……吃饭的时候，成蜂蜜在学习着用筷子，不太顺利，我完全是想鼓励她，可能我鼓励的时机不对，恰好在那个鸡翅掉下来的时候脱口而出了"真棒"——我真的没想到她已经成功夹起来了的东西依然会在运送途中难以维持平衡，蜂蜜仰起脸，胸有成竹地大声说："妈妈——大熊他打我！"

我就这样成了毋庸置疑的反派角色，还不能问为什么。崔莲一曾经跟我说过，小孩子说别人"打她"，未必是刻意捏造事实，她只是想表达她自己"被伤害了"——据说这是专家告诉她的，既然专家都这么说了，我也不能不信。我还必须谄媚地告诉她："你应该说，大熊嘲笑我。"她的苹果脸略微一垂，随即生动地再度扬起："妈妈，大熊他打了我以后还嘲笑我……"

有时候我也在想，会不会是因为崔莲一最近在跟我冷战的缘故，让蜂蜜受了点影响呢？当然崔莲一不至于把发生过的事情讲给她听，可这个小动物敏锐地感知到了某种气场，或者是某种难以言表的氛围，总之她模糊感知到了"她需要在这两个人里做选择",然后毫不犹豫地选择了和妈妈并肩作战,不是没有这种可能。

这几天,崔莲一对我非常冷淡,能不说话就不说话,也再不会在空闲的时候发好笑的动图给我看。我装作若无其事,没有回应什么——因为我知道,眼前的事情,并不是我态度好坏就能解决的。

蜂蜜四岁生日那天,我接完那个来自老板的电话,继续若无其事地回去桌子前面坐下,我没有跟任何人讨论那个电话的内容,这其实是我的一个习惯,在我需要做重大决定之前,我需要先跟自己商量一下。

但是我根本还没来得及商量出来一个结果,星期一早晨刚刚走出我的办公室所在那层楼的电梯,就已经有人满面春风地过来恭喜我了。当然这种恭喜有真有假。我将被派去伦敦,为期两年,严格说不是升迁,不过会被很多人视为某种信号。时代变了,伦敦的驻派早已不似十几年前的那种含金量。只不过,用我老板的话说:"大熊,必须是你。你好好地在那边给我打配合,为了让伦敦那边认可你,真是耗掉了我半条老命……还可是什么？大熊你今年几岁了？你再不抓紧这几年拼一把，你拿什么退休……"

这其实与我无关，是我的老板与另一位老板之间的战争。去伦敦的是我，代表我的老板又进了一个球。在他眼里这说不定还是一个三分球。所以这些对我笑脸相迎的同事们，他们期待我变成一坨会走路的橡皮泥，可以把他们脸上每一个热情的微笑都准确无误地拓下来，转达给我的老板。我的下属们叫嚣着要我请客，我也请了，几壶清酒之后大家推心置腹。"大熊哥，"一个非常聪明但是我不那么喜欢的年轻人过来给我倒酒，"谁都知道，等你从伦敦回来，要不了多久，年会的时候就是 partner（合伙人）那桌上的人了……"

我应付着他，偷眼看了看我的手机屏幕。两个小时前我发给崔莲一的信息依旧静静地在那里，没有回复。哪怕蜂蜜给我发几个表情包也好——不过此刻已经九点，蜂蜜应该正在被苏阿姨驱赶着上床睡觉，势必拼命抵赖一番，忙得很。

那个周六我需要去上班，因为周日我得出差，这样赶得上在周一上午见到客户。所以我在周六傍晚直接去了崔莲一那里，我答应了蜂蜜，给她带去新出炉的栗子蛋糕，只可惜等我进门的时候，她已经把栗子蛋糕的事儿忘了。崔莲一还没回来，苏阿姨已经把蜂蜜夹在胳膊底下准备去洗澡，在蜂蜜顽强的抵抗声里，苏阿姨热情地招呼我："大熊，厨房里的炒饭还是热的，你要是没吃就自己盛，我现在没空给你弄菜……"蜂蜜的声音穿透了水声与门板，欢喜得竭尽全力："大熊，大熊，你看窗户那里呀，花开了——"

墙角的昙花有一朵已经盛开，另一朵含苞待放。落地灯的光晕恰好将它们笼住。"大熊——"蜂蜜的呼唤声像是我已经跌落进了很深的山谷，"你说它是什么时候开的呀？刚……才……还……没……开……呢……"我打算配合她，于是也气沉丹田地吼了回去："我——也——没——看——到——啊——"花洒打开的声音配合着蜂蜜的笑声，以及苏阿姨在低声抱怨："别吼，别吼，嗓子都吼坏了。"然后蜂蜜继续："大——熊——，咱们——的——船——快靠岸了——吗……"我想了想，也继续："还——有——十——五——分钟——"我觉得，十五分钟后她应该就洗完澡了。

一朵花如何衰败，干枯，然后凋零，我已经见过很多次。可是它到底是如何盛开的？为什么我从来没有遇见过它从含苞待放，到完全盛开的那个瞬间？纪录片里自然是看过的，只是在我小的时候，就和蜂蜜一样，问过类似的问题：它们到底是在哪个瞬间盛放的？小学二年级的时候，我们学校的操场边上种了一大片月见草。我听人们说月见草都是在黄昏时候盛开的，于是我想，那我放学的时候晚点回家，只要多等一会儿，一定能等到亲眼看着它们全部绽放。

说起来是一句话的事，但操作起来并不轻松。因为那个时候小朋友们放学是必须排队、点名，再整齐地出校门的。我只能跟着队伍走出去，拐弯，队伍散了的时候再不动声色地混迹于街头人流中。想要重新潜回学校里，还得留神着校门口，隔壁班的班主任站在那边，我也不能让她看见我，她很烦人，比我自己的班主任还会问东问西。

我为什么不能跟人解释我要去等着看月见草开花呢？不知道，总之就是不能说，并不是觉得丢脸，不过说出来就真的羞耻了。如果那个时候我认识成蜂蜜，说不定我会告诉她。

反正，那些躲在操场的一角等着花开的下午，我原本以为我早就忘了，是认识蜂蜜以后才会想起来。我连着去了好几天，它们都纹丝不动，依然是鼓鼓的花苞。我专门问过自然课老师，花期应该是不会错的。那个下午我们放学略早，离黄昏可能还有一个多小时，对一个七八岁的孩子来说，漫长如刑期。我坐在操场另一头的双杠上，看着校园完全归于沉寂，操场辽阔得像一片被冻住了的海。我踩在双杠上晃晃悠悠地走了几个来回，然后跳下去，只有在跳跃的那个刹那，眼前的大地才能像海浪一样翻腾。我看着天色昏暗下来，抓起书包，往花圃那里跑。夕阳在我身后跟着跑，反正，此刻的天地间只剩下了我一个人，它不跟着我跑也没别的事做。我气喘吁吁地在花圃前面站定，几乎所有的月见草都已完全盛开。一簇淡紫色的，一簇是明亮的黄色。我不甘心，凑近了看，所有的花瓣都已舒展，静静的没有任何悸动，就好像它们从一开始就是这副绽放的模样。我应该是它们盛开之后的第一个观众，但是仅此而已，我终究是来晚了，而这些月见草，即使它们这几天已经认识我了，也不可能等我的。

我的手上略微恼怒地发力，指间的花茎被掐出了汁液。我很想恶狠狠地把几簇花连根拔起再扔在地上，但我终究松开了手。我坐在我的书包上，对着那片宁静而鲜艳的月见草哭了起来。那时候我还不到八岁，我没办法形容我的感受。我只记得，我哭了一会儿，自己也觉得没意思了。于是慢慢地站起身。这一次夕阳没有跟着我，它漠然地沉落在了树枝间，就像我长大成人之后，那个美丽而无情的前妻。

你终将被辜负。因为辜负你，是这天地之间，一件非常小的事情。

可是我该怎么把这个告诉成蜂蜜呢？她正在兴奋地搬小板凳，放在那盆昙花前面，搬完一个，再搬另一个。洗过澡之后的她穿着一身松松垮垮的棉布格子衣裤，看起来像是整个人被装在一个格纹麻袋里。头发长长了，不再是冲天辫，苏阿姨为她编了两条熨帖的麻花辫，但是正因为冲天辫的天线消失了，我才暗自疑惑——怎么会有这么圆的脑袋？"大熊，来，"她妈妈不在的时候，她就会对我更友好一些，"苏阿姨说，这一朵今天晚上就会开了，咱们一起等吧。"

于是我们就并排坐在那个昙花花苞前面，等着它开。它身边那个已经妖娆四溢的同伴，我们反倒没那么在乎了。不过只是等了片刻，便有些无聊。我开始吃苏阿姨的极品炒饭——她看起来也就是随便那么一炒，不知为何就是更好吃。成蜂蜜叼着奶瓶，怔怔地看着饕餮的我。看着她满眼的羡慕，我热情地邀请她："也给你来点儿？"

她认真地犹豫了一下："不行，你有细菌。"接着她更加努力地喝了几口奶瓶中的配方奶，像是在尽力说服自己。

紧接着，她软绵绵的声音终于让我从那盘炒饭上抬起了头："你是不是会变成我爸爸？"

我抬起眼睛认真地看着她，她继续认真地喝奶，我问："谁告诉你的？"

她叼着奶瓶清晰吐字的功力依旧高深莫测，她说："苏阿姨说的，你要和我妈妈结婚，你就会变成我爸爸。"

我深呼吸一下，放下了盘子："倒是也可以这么说，不过其实……"

"如果你变成了我爸爸，那我爸爸干什么去啊？你变成了他,他怎么办?"奶瓶上方的那张脸上,有一点认真的委屈。为了加强她的困惑,她特意叼住奶瓶,腾出两只手,往两边一摊。

"不是,等一下——"我做了个投降的手势,"你是不是以为,只要我和你妈妈结了婚,你爸爸就——消失了?"

她犹豫着点点头,补充道:"爸爸是不是就死了。"

"不会的蜂蜜,不是那么回事……"可能是我没有做好表情管理,她熟练地捡起她的毛绒拖鞋冲我丢了过来:"你不准笑我!"

我不理会那只拖鞋,反而用我的双手在她小小的肩膀上用力按了按:"我跟你保证,你爸爸会活得好好的,也不会消失,不会蒸发,什么都不会,就算我和你妈妈结了婚,你还是和现在一样,隔一段时间去跟你爸爸出去玩,偶尔去迪士尼,什么都不会改变……而我,你不用叫我爸爸,你还像现在一样叫我大熊就好,我愿意一直做你的朋友,你只不过是多了一个朋友而已。"

"我想养一只猫,可是妈妈说不行。"她的眼睛亮起来的时候，小小的鼻尖也会跟着发光，"你和我妈妈结婚，你能跟她说，让我养猫吗？"

"这个，恐怕还是得听你妈妈的。"

"那我要你有什么用？"

"如果有人欺负你，任何时候，我都会立刻像只真正的大黑熊那样，站在你前面去吓退他们。"

"这个嘛，"她突然又胸有成竹了，"有小饱和小眠就够了。没人欺负我。"

"……"我得承认也许她说得没错。

"但是，"奶瓶早已空了，可她依然舍不得放下，"我更爱的还是我爸爸，那你怎么办啊？"

"你当然应该更爱你爸爸，别的你什么都不用操心。你妈妈肯定跟你说过的，不管她跟谁结婚，她最爱的人都永远是你，对吧？我们所有的人都爱你，你记得这件事就够了。"

"那——我妈妈，她到底是更爱你，还是更爱我爸爸？"她就这样轻松地问出了一个我最不想面对的问题。

我觉得我应该诚实地回答，于是我说："我不知道。但是，应该更爱我吧。"

"妈妈说她现在爱你,她早就不爱我爸爸了,可是为什么呢,我爸爸长得比你好看呀。"

"这绝对不可能。"

"那——妈妈以前爱我爸爸,后来就不爱了;她现在爱你,要是以后她也不爱你了,那你怎么办?"

我怎么知道我该怎么办,于是我只好说:"喂,你怎么不操心你自己呢?你妈妈要是有一天不爱你了,你怎么办?"

"这不可能呀。"她的小手又是往两边一摊,"我和你们怎么能一样?我是神仙送给妈妈的,你们嘛——你们就是她认识的普通人。"

"这个,你说得对。"我必须承认。

"如果你和我妈妈结婚,但是我爸爸还是我爸爸,你和他都不会死?"

"不会,我们保证都好好地活着。"

"可是以后还是会死的吧?"

"……那当然,我们大家以后都会死。"

"我们大家什么时候死呢……"蜂蜜转过脸,盯紧了那个昙花的花蕾,"这朵花死了以后,它不是要去天堂吗,它去的天堂和我们去的,是不是一个地方?那它在天堂里,到底是开花的样子,还是没开的样子,还是花瓣都掉了的样子?"

我觉得应该认真对待她的这个问题,所以我只能说:"我不知道。可能都不是。既不是它开花的样子,也不是它谢了的样子,都不是,是一种我们活着的人在这个世界上不可能看得到的样子——就像月亮,有时候弯弯的,有时候是圆的,可是这些都不是月亮真正的样子,月亮其实是一个坑坑洼洼的球。再比如说吧……"

"为沙玛是球?"她一脸的惊悚,倒是提醒了我,我们并不是一生下来就知道"月球"的存在。

我用手机搜出来月球的照片给她看:"呐你看,真正的月亮,和我们看见的月亮,差很多的……"

她看着凹凸不平的环形山,叼紧了奶瓶,把她的小胖手伸到我面前,认真地吸着冷气:"这样的月亮太可怕了。"

露在格子睡衣外面的那一小截手臂上，居然泛起一层细小的鸡皮疙瘩。我仔细地托起她的手臂看了看："哎呀，是真的吓坏了。"

"我在下雪。"她粲然一笑。

我恍然大悟地笑："没错，在皮肤上这样掉一层，还有点冷，真的是蜂蜜在下雪。"然后我继续解释刚才的话题："大熊也有过小 baby 的时候，"我必须试着翻出来几张我小时候的照片，"也有过蜂蜜这么大，四岁的时候，长大了变成现在的样子，老了以后会变成老爷爷的样子，所有这些，可能都不完全是真正的大熊，到了天堂里，才有真正的大熊的样子……"

"那——真正的大熊，不是小孩，不是大人，也不是老爷爷？是一个球？"她似乎不觉得这有什么难理解的。

"是不是一个球我说不好，可是那个不是小孩，不是大人，也不是老爷爷的大熊，到底是什么样子，我自己也不知道。我们只要还活着，就得活在眼前的时间里，可是说不定，时间是不存在的。"

"……存在是谁？"她非常认真地端详着我。

"这个我也得好好想想。"我们都保持着沉默，我安静地想了一会儿该怎么说这件事，然后我发现她睡着了，圆脑袋歪在了我的胳膊上，我把她抱起来，此时苏阿姨从房间里走出来接应我了。苏阿姨非常熟练地、轻松地从她牙齿之间取下了那个奶瓶。

我应不应该留在这里，替她守着这朵昙花呢？

苏阿姨关上了房间的门，"夜晚"缓慢地浸透了满室灯光，就像一张纸被轻轻丢进水里那样。昙花的花苞依旧饱满，却看不出它和一小时前有什么区别。我已不再指望能亲眼见证它一点一点，也许缓慢也许急促地开放。希望它加油吧。我身后传来一阵钥匙在门锁里转动的声音，我知道崔莲一回来了。

她一脸的倦意，看到我，淡淡一笑。看到她这种似有若无的笑容，我就知道今夜不会那么平静。可是我必须面对。

她问我："你干吗坐在蜂蜜的椅子上？不觉得不舒服啊……"

我站起身来，先深呼吸一下，然后说："我觉得，我得跟你聊聊。"

她缓慢地把她的外套挂在门边那个架子上，动作过于缓慢了，以至于我都认为她是故意不想转过来看着我。果然，挂完她自己的外套，她开始整理那个架子。她说："我想说的我早就已经跟你说过了，我不会去伦敦，蜂蜜也不会去。"

虽然同样的话翻来覆去地说是令人厌倦的，可是我只能这么做："我觉得我也早就跟你说过了，没有问题，你可以不去，如果我们现在二十出头那异地两年很可怕，但是其实到了现在这个年纪，两年会过得非常快……我那天的意思不过是说，我觉得挺遗憾的，我们三个人如果能在伦敦一起生活个半年到一年的时间，不也是很有意思的事？还能让蜂蜜学学英语……"

"你看！"她用力地转过身来，手里还紧紧捏着一个空的衣架，她在尽力控制着音量，不能吵醒蜂蜜，"我们现在还没有结婚呢，你已经开始安排我了！你的工作第一重要，孩子的教育第二重要，我反正怎么都行，怎么配合这两件事都是理所当然的,谁叫我是个妈妈,你就是这个意思对不对?我去了伦敦能干什么,在一个英语国家哪还有做中文电视剧的人的出路,这些你都不需要考虑反正有你养我我就该知足了!"

"崔莲一你这就叫不讲理。"现在轮到我来控制音量了,"我早就说得很清楚了,如果你愿意一起过来,我们到那边去生活一段时间,这是一种方案;如果你的工作确实没有办法,那我们就是接受两年的远距离的生活,很多事情该怎么解决,这是第二种方案。两种方案肯定各有利弊我们不过是需要权衡和讨论……"

"你明明知道我不想让你去伦敦!"她用力地把那个空衣架丢在沙发上,衣架把皮面沙发抽打出"嗖嗖"的声响,"你其实很清楚我不想你去,不然你不会在你已经知道这件事以后一个星期才通知我!"

"那个时候我也觉得很突然,我只不过是需要一点时间消化了再告诉你!你也讲清楚了,你只想要第三种方案,就是我不去伦敦,但是我真的没办法说不……"

她开始冷笑:"方案?有必要吗?熊漠北,如果你是真的想我们一起共度余生,你就不要用跟客户说话的方式和我说话。"

"可是你现在就在放着两个我们可以做的选择不要,偏要一个我绝对做不到的选择,这跟我的很多客户实在是没有区别!"

虽然事实如此,可是我知道,我不能这么说。

她后退了几步,跟那个衣架一起坐在了沙发上。

"我绝对没有想过你必须因为我牺牲你的工作,还有你的前途。我只不过是觉得,你的时间会稍微比我更有弹性而已。这一次去伦敦并不完全是我一个人的事儿,如果我拒绝了,可能我以后就不会再有任何机会了,至少在现在的公司绝对没有,而且以我的年纪,我真的不知道下一次是什么时候……"

"对,我明白,熊漠北,你愿意屈尊娶我一个单身妈妈已经是天大的恩惠了,我怎么还能这么不知好歹,你是不是这个意思?"

"崔莲一有些话说出来你会后悔的！"——其实我已经不知道该说什么了，我只是拼命地劝住自己别说出来让我自己后悔的话。

她的眼睛里开始有泪水聚集起来："其实这些天，我也想过很多。我想说——最开始的时候是我不好，我以为我还能像以前一样，想谈恋爱就去谈恋爱，是我想得太简单了。我的意思是说——我忽略了一件事……"她很用力地在脸上抹了一下，像是在下决心，"我们做结婚的决定做得太仓促，这么说吧——如果我没有蜂蜜，我可以接受我们先把问题留着，不解决，直到时机到了就一拍两散友好分手，可是现在不一样……"

"你什么意思？"我认真地看着她的眼睛。

"我的意思是说，我不能再把问题一直拖着，拖到也许一年，也许两三年，也许更久之后，再跟你一拍两散。我早就说过的——已经费了很大力气跟蜂蜜解释我为什么不能跟她爸爸继续在一起，我不想再来第二次。小的时候她什么都不懂，如果她越来越懂事以后，再去经历跟你告别……那样就——太难了，也太不公平。所以不如我们趁现在说再见吧。你前面有更好的路，我确实不应该阻拦你。"

"不行！"我抓紧了餐桌旁边的椅背，"我不同意！咱们能不能都冷静一点不要这么幼稚，只不过是出现了一点问题，咱们不是应该努力解决吗……"

她终于开始哭："大熊，你和我其实都——我们没那个本事。我们俩各自……在这件事儿上已经失败过多少次了？你自己也承认的吧？如果我们都是那种有能力解决这种问题的人，我们根本就不会认识……遇到你我真的很开心，可是……可是即使我还有力气因为任何人改变自己的生活，蜂蜜也不可以……我妈妈说得对，我起初决定和你在一起，真的是自私，我只在乎了我自己高不高兴，没想过其实无论对你，还是对蜂蜜来说，这都是一件很大的事，现在的我跟过去的我，真的是不一样的……所以趁早吧，蜂蜜现在四岁，半年到一年之间，她就会把你忘了。"

"那我呢？"我走到她跟前，蹲了下来，努力地看着她，"你把什么都打算好了，蜂蜜明年就会忘了我，可是我和蜂蜜也是朋友，凭什么你一句话，我就再也见不到蜂蜜了？"

她脸上全是泪，可是她笑了笑，她说："熊漠北，你入戏也不要太深——蜂蜜并不是你的孩子，她和你，其实什么关系都没有。"

我的手尴尬地僵在我和她之间的空气里，停滞片刻，我还是轻轻地抹了一把她面颊上的泪痕。就在刚刚，我都认为，我们不过是吵架的时候各自说了一些气话，一定可以挽回，说不定我等会儿只要在阿羌的酒吧里坐着，半小时后她就会出现的。我曾经这么认为，直到她说出这句话为止。

我站起身，走回餐桌旁边，捡起桌子下面扔着的电脑包。直起身子来的时候，我看到墙角那朵含苞待放的昙花终于开了。开得比旁边的那朵还大，静谧又妖娆。

我回头最后看了昙花一眼。然后打开了门。

十一

第二天我就去出差了,看上去若无其事地独自活了将近三个月。

这段时间我非常忙,因为定下来了第二年三月底启程,在那之前,手上监督着的项目有的需要加快弄完,有的需要移交给别人。两个月的时间里,恐怕待在北京的日子,加起来不到两周。某一趟回京的航班上,航空管制,飞机晚点,当我们开始沿着跑道滑行时,已接近午夜。机舱的屏幕上播放着安全须知,国航那只胖胖的熊猫在给每位乘客解释如何穿救生衣,如何给救生衣吹气,还有氧气面罩的使用。

我看着这只胖熊猫的每一个动作,前所未有的认真。因为我想起了去年年底,跨年的时候,我们三个人那段短途旅行。去的是苏梅岛，也是国航的航班，成蜂蜜非常执着地问我和崔莲一，这只熊猫究竟坐在第几排。我跟她说熊猫是航空公司请来拍宣传片的模特，但是她理解不了这个，整个航程她格外放不下这件事，以至于起飞后，我和崔莲一轮流带着她在狭窄的机舱走道里转了一圈，证明熊猫并不在这趟飞机上。

空姐过来提醒我，马上就要起飞了，要我把笔记本电脑阖上。她看着我的脸，像是吓了一跳。然后急匆匆地往后排走了。我总算意识到了自己在哭，眼泪很平静地从眼眶滑行到下巴，我用手指接了一下，才算看到了证据。邻座上坐着跟我一起出差的同事，她刚好转过脸，惊慌地瞪大了眼睛。反正已经来不及了，我也懒得再去掩饰。"大熊哥你还好吧？"她似乎在犹豫该不该问。

"没事。"我摇了摇头，"就是这几天太累了，三天只睡了十个小时。"

"哦——"这位年轻人显然没有被说服，偷眼瞧了瞧我的笔记本电脑，"等起飞以后我也得看看你刚才在看的那个财务报表，这家客户的利润到底是有多少，能这么——感人肺腑……"

有时候当手机传送过来一长串此起彼伏的微信信息提示音，我会想，会不会是成蜂蜜在拿着她妈妈或者苏阿姨的手机，给我发了一长串的表情图。不过，没有这样的时候，通常都是工作群组里有人吵了起来。崔莲一倒是发过一次信息给我："你忙吗？"我立刻回复："没事，你说。"我盯着屏幕看了很久，"对方正在输入信息"，好几分钟，对方的信息一直还没输入完，最后"叮咚"一声总算响起来，却只有简短的一句话，我的什么什么东西还在她家，她会发快递给我。

我没有再回复。

我想问：你还好吗？——但是算了吧，别自作多情，能有多不好呢，不过是离开我而已。

倒是老杨，发了好几条语音信息给我，每次打算点开听老杨的声音的时候，我都得在心里默数三下，给自己勇气。老杨通常是说："还出差呢——什么时候回家啊，过来吃饭……这到底怎么回事你得好好给我们讲讲……"

他还在说，但是我已经打字回复了他："开会。"

很久以前，也许没有很久——大概四五年前吧，我不记得杨嫂当时在不在场了，总之老杨刚喝了三杯，是他开始感怀人生的时候——准确地说，他对他自己的人生非常满意，通常都是感怀一下岁月无常，为什么他虽然经历各种曲折但是总算拥有了一切，除了高血脂之外没什么需要改善的，而他关心的朋友们的人生却总是充满自作自受的挫败与缺陷，比如熊漠北。

"大熊，其实每个人都有一个价格。"老杨故作神秘地停顿一下，"你是注册会计师，你别装作不同意我这句话。我说的价格，指的也不是超市里那种等着扫码的价签，我是说，面对任何一个人——你其实心里有数，你能为他／她付出多少。所以啊，首先你得找一个跟你一样相信每个人都有价格的人，然后，你们俩对于对方的报价都差不多能够接受，满足这两条的人，再继续相处，会比较顺利一点。这些都是老生常谈了，你可以不照着做，但你最好心里清楚……"

其实我可以不去伦敦，大不了就是彻底得罪了老板，大不了就是在这家公司没了升职的机会，大不了就是辞职再跳槽——虽然会费一点周折但是不至于活不下去；话说回来，如果我去了伦敦，也不一定就能换到人们微醺之际说的那种好前程，但我依然没有想过放弃——所以我还有什么可说的呢？虽然分手是崔莲一提的，但我明白——真正的原因是，她知道我一定会这么选。

我选了，她也选了。她知道我会选择我选的，我也知道她知道我会这么选。于是她决定不选我。很简单的一件事，此刻的痛苦没有什么好大惊小怪的。

不过是痛苦而已，痛苦生生不息，总会过去。

过不去也是平常事，总之死不了人，怎么都能活下去。

活不下去也不要紧，死个人而已——只是注意不要在早高峰的时段跳地铁就对了，会耽误太多人打卡上班。

当然我不会死，我会活着去伦敦。只要我还活着，漫长岁月中，我有的是时间一遍又一遍把自己做过的所有选择都合理化，实在不合理的就用"当时还年轻"一带而过。在心里的某个角落暗自忏悔的，都是些无伤大雅的疏漏——这种忏悔类似于健身，给自己的心灵可以制造一些绝对能够克服的困难；而真正可怕的错误，就慢慢忘记——忘记有谁曾真正剥夺过我们，忘记我们曾深刻辜负过谁，忘记你曾对心知肚明的灾难视而不见，忘记你曾如何毁灭自己一生中仅有的一次获得幸福、获得改变、获得新生的机会……真正实现"忘记"，最有效的手段便是"曲解"，将剥夺曲解为爱，将辜负曲解为骄傲，将冷漠和怯懦曲解为隐忍，将愚蠢、残酷曲解为不得已——到这一刻，我就活成了一个豁达的老年人，开始宽容而愉悦地欣赏年轻人把这个过程从头再来一遍，一点都不难。可以说，我们从小接受的关于"体面"的教育，全都是为了这一刻而准备。

说不定十几年，二十年后的某个场合，我还会偶然遇到已经长大成人的成蜂蜜。我绝对相信，彼时的我和崔莲一都会极为适度地表达出逝者如斯的友情。如果已经成人的成蜂蜜知道我和她妈妈曾经谈过恋爱，如果她对此感到好奇，我知道我会一笑带过，跟她说不过是人生无常而已。

人生或许并没有无常到那个程度，只不过我们自私。

而长大后的成蜂蜜，也已经拥有了价格，和她判断别人的价格的估价体系。一想到这个，我就像是万箭穿心。崔莲一没有给我机会让我和她好好地告别，她完全不知道我和她妈妈选择彼此与放弃彼此的理由——不，是她妈妈放弃了我，不过这不重要。蜂蜜自己就是人间至珍，无价之宝，所以她理解不了"价格"这回事。

在苏梅岛的时候，我们住的那个酒店，在楼层尽头处藏着一个自动制冰机。有饮料自动贩卖机那么大，把准备好的容器放在下面，按一下按钮，冰块就像是凝结住的雨点一样倾泻而下。那晚崔莲一在浴室里洗澡，我拉着蜂蜜的手，拿着她们房间里的那个粗陶水罐，去参观制冰机。蜂蜜对这个大家伙有点好奇，小手伸到按钮那里摸了摸，却不敢用力，我也不知道怎么回事，头脑一热就想逗逗她，我故意压低了声音，神秘地问她："咱们偷一点冰块，你说怎么样？"她紧张地看着我，充满渴望地摇摇头。我说："没事，我来，你看着就好。"我按下了夺命按钮，机器面无表情地一闪一闪，然后冰块噼里啪啦地掉了下来，成蜂蜜的小鼻尖顿时开始出汗了，她诧异地盯着粗陶水罐渐渐地盛满了冰块，冰块甚至溢出来了，如此奢侈简直不像话。有几粒冰块撞上了它们堆积如山的同伙，弹开了，一道弧线飞出，掉落在地板上。成蜂蜜的眼神追随着那道弧线，刹那间，某种算得上是"忧愁"的神色在她脸上一闪而过。我拿起陶罐，跟她说："现在跑吧。"我们沿着走廊一路狂奔——她狂奔，我慢慢地跑，跑回房间以后浴室的门依旧关着，电视上的动画片，情节也没什么了不得的进展。

几分钟以后我就忘记了这件事。我们回程的那天，在机场过安检，崔莲一不得不把她从怀里放下来，鼓励她自己摇摇摆摆地走到安检员那里，努力伸直双臂。我在忙着清点所有的随身行李，安检员指着一个旅行包，要我打开，我照做了，她把洗漱包里的小瓶子挨个拿出来检视一番，我此时才注意到，蜂蜜走到我身边，拽住了我上衣的一角。直到安检结束。崔莲一一身轻松地进去某间免税店去看当季新款的价格差别，蜂蜜目送着她妈妈走进去店里了，才转过头来惶恐地问我："那个警察要抓我们？我们偷了冰块……"

她以为安检人员是警察,制服的颜色的确有相似之处。

我如梦初醒,脊背上滚过一阵寒意。那是我第一次真正理解为什么和小孩子说话需要格外小心。我由衷地和她道歉了,并且认真解释了我其实不过是开玩笑,我们并没有偷走任何东西,一个四头身的小人儿,像个大人那样,由衷地叹了口气。这时崔莲一开心地拎着一个购物袋回来了,她说虽然这里买还是比欧洲代购贵了些,但是这款的这个颜色格外稀少,她从纸袋子里拿出那个包,热情地问蜂蜜:"宝贝,你看这个好不好看?"当时蜂蜜三岁零四个月,我认识她以来,那是她第一次说出来一个如此复杂的句子,她说:"好看倒是好看的,可是你并不需要啊……"

我们惊愕地面面相觑。我大笑了起来,引得附近的路人都在好奇地朝我们这边眺望;崔莲一气急败坏地说:"为什么你说这句话的语气这么像你爸爸,真的是遗传嘛……"

我还以为那不过是一次普通的旅行,我不知道那就是唯一的一次。

我对我最好的朋友成蜂蜜不告而别了,大熊,你为何这么不讲义气?

"熊漠北,你入戏也不要太深——蜂蜜并不是你的孩子,她和你,其实什么关系都没有。"

熊漠北,你自己不也一样,为了去伦敦放弃了成蜂蜜吗?你没有吗?你怎么就不敢承认呢?

不过是痛苦而已,痛苦生生不息,总会过去。

过不去也是平常事,总之死不了人,怎么都能活下去。

活不下去也不要紧,死个人而已——只是注意不要在早高峰的时段跳地铁就对了,会耽误太多人打卡上班。

你有没有爱过我?用你以为的那种爱情爱过我?

我也无数次地在问自己:崔莲一起初非常快速地决定了跟我建立认真的关系,到底是因为她喜欢我,还是因为我对蜂蜜友好?我当然清楚这两件事无法清晰地区分,甚至很有可能互为因果。只是如果她爱过我,她是怎么做到如此痛快地放弃我的?难道真的是——跟蜂蜜相比,所有的失去都不值一提?

即使是偶尔在她家里过夜的时候,黎明之际她必然会把我推醒,因为我得在蜂蜜起床之前赶紧穿戴整齐离开——如果不离开,至少要一身清爽地坐在早餐桌旁,就像是刚刚敲门进来。我能理解她,她不想让蜂蜜看到我睡在她妈妈的床上——这会给小朋友造成深深的困惑。半睡半醒之间,我总是能梦到那样的黎明,一缕微薄的光芒透过了窗帘的缝隙,房间的墙壁上似乎有种隐隐的灰蓝色,崔莲一轻轻推我的肩膀,她的声音清澈而孤独——就好像我自己也依然是个少年,她低声说:"大熊,该起了——真不好意思,起来,她马上就要进来了……"卫生间里有隐约的水声,我故意闭着眼睛,再翻个身。"大熊,乖嘛——"她的呼吸温暖地吹着我的脖子,凑到了我的耳边:"呐,你现在马上起来,等下有福利给你。"说出来"福利"二字的时候,她就像是模仿了什么脏话,压抑着自己声音里某种笑意。

一分钟后我就会像个贼一样,飞速穿好我的卫衣和牛仔裤,无声而飞速地窜到餐桌旁边,或者打开厨房的柜子摸索咖啡豆,此时浴室的门开了,蜂蜜赤着脚,摇晃着四头身,"砰"的一声推开崔莲一的门,"妈妈,妈妈——"蜂蜜喊妈妈的时候总让我觉得这里不是一间北京朝阳区的公寓,而是在某个幽深的山谷,崔莲一从床上坐起来,伸着懒腰,眼睛还没来得及全部张开,已经在冲蜂蜜微笑着,连我都要以为她是真的刚刚醒过来。

然后我猝不及防地醒了,刚刚还在眼前的厨房里的满室晨曦一瞬间被黑暗吸干。不需要看时间,我也知道,此时大概在凌晨三点到四点之间,最近这段日子,若是能在某天有一段连续超过三小时的睡眠,就可以爬起来开香槟。我现在应该闭上眼睛,辗转反侧约一个小时,运气好的话,能在日出之际再睡上一会儿。

额头上依然残存着手指的触觉,准确地说,是右边的眉心处,到太阳穴那一带的皮肤。那是崔莲一的手指尖经常触碰的地方。

"你右边的眉毛,比左边长一点点。"关上灯之后的黑暗里,她常这么说。有一次我跟她说,跟她待在一起的时候总觉得非常安静甚至是安详,感觉明天就变老了也没关系(当然明天就变老还是夸张了些,下周三吧),那应该是她的天分。——总之，我也只好意思在黑暗中说出来这种话。她听了之后就笑了，她说，那是因为你不认识蜂蜜出生之前的我。

她说得对，也许我爱的，正好是那个被蜂蜜深刻塑造过的她。并不是每一个女人都有能力友好地接纳"母亲"这个新身份，崔莲一碰巧可以——如此说来，成蜂蜜小姐也是蛮有运气的。崔莲一经常被蜂蜜弄得手忙脚乱，狼狈不堪，时时抓狂——可是在忙乱、狼狈与抓狂之后，她又会立刻心软。也许是因为她的精神总在这两极之间熟练游走，所以修炼的弹性惊人，通常情况下，她的世界里没有那么多"非如此不可"……少女时代激烈地跟某些陌生人热恋的她，肯定不会是现在这样。我最为迷恋的，是她有时候出神地看着蜂蜜发呆的表情，她不知道她自己眼睛发亮，满脸伤感的骄傲——她正在用力凝视的不只是她女儿，那是她的勋章。

她决定离开成机长的时候，发现自己怀孕了，她没有告诉任何人，平静自若地走完了离婚手续，她起初也以为，只不过希望能够顺利地离婚不想横生什么枝节，为了加快进程，在财产谈判的时候没有任何的争执。直到她终于恢复单身,她妈妈陪着她去医院做流产手术。B超显影剂涂在她皮肤上,略微冰凉,然后就听见了一个奇怪的声响,像是一面稚嫩而急切的小鼓,咚咚咚咚,敲着笨拙的鼓点,也不知道是为了谁的舞蹈而准备的节奏。她问B超室的大夫:"那是什么声音?"大夫淡淡地看着屏幕说:"胎儿的心跳。"

崔莲一说,刹那间,她觉得周遭万籁俱寂。那时她差两个月满二十八岁,她整个青春里所有的狂热的谬误就在那一刻有了意义,以及去处。她抬起头看着她妈妈,她说:"妈,手术我不做了,我要生下来。"

崔太大惊失色:"你胡说些什么呀!你要生那还折腾离婚干什么!你到底有没有个准数儿,昨天说要自由,今天就要生孩子……"

她说:"我想生我自己的孩子,可是不想和他一起养,这怎么不算自由?"

"等你真的知道单身妈妈有多辛苦那就晚了,你哭都来不及,这辈子都毁了你还要自由干什么?"

"妈,我们对自由的理解不一样。"

崔太气急败坏地摇了摇手:"不跟你吵,我不跟你在这儿吵——不够丢人的,我得出去找个护士给我量量血压。"

崔莲一说有个细节她记得很清楚,B超医生通常只是会把一卷超大的卷纸放在患者手边,但是那天,那个冷漠的医生主动从卷筒上撕下来一张,帮她擦拭着滑落到腰部的显影液,依旧没表情地说:"你们还是出去好好商量一下吧。"

"大夫——"崔太却在这时屏息盯住了屏幕,"这个,这是他的手吗……"

医生依然冷静:"才四十几天,离长出手来还有一阵子,不过确实是上肢的部分。你看,动了。孩子很健康。"

"他在跟我打招呼?"崔太惊愕得难以置信,手指渐渐地挪到屏幕前面跟着轻轻晃动,脸上突然融化了,"真的是打招呼——他怎么会……你好,你好呀宝贝,我是姥姥——"

医生静静地抬了一下眼睛,口罩上方的眼睛里第一次有了点笑意。

崔莲一不止一次地给我讲述过那个B超室里的这一幕,我已格外熟悉,每一个细节,每一个转折,以及每个转折处她似曾相识的叹息。

那么如此说来,既然我爱的是那个因为蜂蜜才柔软而坚定的她,我就不该抱怨她因为恐惧给蜂蜜带来伤害而离开我。我不该抱怨当蜂蜜的生活也许会有动荡的时候她就又一次急急地张开了所有的防御,因为我最初想要的,恰好就是这样的她。人是不会改变的。

我翻身坐起来,一遍又一遍深呼吸,已经快要清晨六点,窗外依旧是一片夜色。我要么把冰箱里拿半瓶老杨喝剩下的"余市"拿出来,给自己来一点儿;要么就出去跑步。这些日子以来,我只要安静下来,脑袋里就似乎一刻也无法停歇。回忆与胡思乱想就像是万花筒,在诡异的时刻和契机,变幻着组合的方式,将我的精神玩弄于股掌之上。

老杨曾担心地看着我说:"要不然,你回趟家吧,在你从小生活的地方待几天,去吃点你以前爱吃的东西——你这样下去不行的……"他脸上的担忧与怜悯同几年前如出一辙。虽然他忘记了,我和他不同,我已经没有一个从小长大的地方可以回去。外公下葬,外婆跟着我们到了深圳,已经是二十年前的事。我与那个拼盘工业小城的联络,已渐渐稀少到忽略不计。不过老杨说得不是没有道理,凌晨两点半,我立刻在手机上买好了七点起飞回深圳的机票,我打算待一天,再赶周一清晨六点半的那班飞回来,来得及去办公室。他愕然看着我如此迅速地行动,叹了口气。

凌晨四点他和我一起下楼,他等着代驾,我等出租车去机场。现在为了不打扰杨嫂休息,他都改成来我家聚。冬天来了,总有一小团白雾从嘴里跑出来,让人摸不准身边的人是不是欲言又止。

打火机从我的指间滑落了下去,我俯身去捡,听见老杨跟我说:"你不是都戒了七八年了吗?"

"戒了也可以再抽。"我说。

他又在叹气了。片刻之后他终于说:"大熊,我想了好久,这句话我还是应该说。如果你今年27岁,那我绝对双手赞成你去伦敦,谁挡你的路都是自找没趣,熊漠北何患无妻。可是现在是十年后,你得相信我,赚钱啊,地位啊,成不成功啊这些事,其实没有年轻时候以为的那么重要。虽然这次莲一是有不冷静的地方,可是如果你真就放弃了,你会后悔。可能是我老了吧,我随便那么一说,你也就随便听听。"

他的代驾到了。他接起电话的时候,转过身冲我挥了挥手。

只可惜我又一次买到了国航的机票,又要看到那只胖熊猫——于是绝望的轮回再一次开始。

家里一切照旧。外婆坚定地认为我瘦了,全怪北京那个鬼地方。半小时后又礼貌地问我贵姓,怎么称呼——以为我是净水器公司派来上门换滤芯的。我推着她的轮椅下楼走了几圈,她很努力地告诉我她想去什么地方转转,可惜我没听明白她说的那个词——不得已我只好去问问小区的保安,原来那是两三百米之外一个小学对面的便利店。

轮椅轻轻地碾过便道上地砖之间的缝隙,我问外婆:"你要到小学门口干什么呢?是不是去接你们家北北?"

她一愣,在轮椅上用力地转过身子,我只好暂时停下。她枯瘦的脸上绽放出来一个惊喜到害羞的笑容:"你怎么知道?你这个年轻人真是聪明……"

运气好的话,一个小时以后,她就会认出来我,我完全不急。

其实我对深圳这个城市一点都不熟,我们举家搬过来二十几年,但是我只住了一年,就出去上学了,毕业以后就到北京去——所以我和外婆都是游客。空气里隐约有树叶的味道,天空比北方的要低。我们两个游客悠闲地到便利店去买了一袋食物,还有两样我妈要求买的东西,满载而归。虽然外婆还没认出来我,不过她抵达便利店以后就成功地忘记了谁是北北。回家还是有点用的,整整一个白天,我的脑子居然都维持着正常的运转,没有像烧开了那样胡乱地沸腾。直到晚上。

老熊先生在看电视剧,起初我没有注意到,然后发现他时不时地从屏幕上转一下脸,好奇地看看我,再赶紧把注意力集中在剧情上。于是我扫了一眼,没错,果然是崔莲一去年负责的那个戏,看来我妈已经什么都告诉他了。但我料定他最多点到为止。

果然,插播广告的时候他问我:"明天早上去机场的车你已经约好了?"

我说:"嗯,你别管了。"

老熊先生像是有些尴尬,遥控器在手上潦草地一比画:"这个戏我最近在看——还是不错的,不是那种乱七八糟的东西,比较——比较严肃。"

我笑了。我看着他,迟疑了几秒钟,笑容依然停顿在我嘴边上,我想了想,终究只是说:"谢谢。"

从深圳回来以后我就开始跑步,从天还没亮的时候开始,直到日出,不知不觉跑出去十五公里,为了赶着上班只能打车回家。因为不工作的时候脑袋里过于杂乱,所以我格外害怕工作会出什么纰漏,当心脏和肺部开始拼命运转的时候,脑子就能稍稍地安静一点。我每天加班到午夜,五点多钟起来跑步,这样能让我自己有种错觉,我正在过着一种努力并且健康的生活。

"大熊,我在下雪。"成蜂蜜的小脸上,笑容就像花瓣上的露水。

不过是痛苦而已,痛苦生生不息,总会过去。

过不去也是平常事,总之死不了人,怎么都能活下去。

活不下去也不要紧，死个人而已——只是注意不要在早高峰的时段跳地铁就对了，会耽误太多人打卡上班。

必要的时候，将上面那三句话，反复默念。

老杨是对的，我会后悔。我听着自己缓慢加重的呼吸声，我知道老杨总是对的。为什么非要去伦敦不可呢？为什么就不能不去呢？我到底在害怕什么？

崔莲一害怕的是蜂蜜的生活因为我而发生剧烈的改变，她害怕她好不容易才建立起来的一点点的自由，又要因为我而完蛋。那么熊漠北你呢，你怕什么呢？

街道尽头处的天空已经隐隐泛着亮光，凛冽的风擦过我滚烫的脸颊，我到底在怕什么？

那应该是八年前还是九年前，也是这样的一个冬天。那个星期我恰好刚结束一个项目，有珍贵的四十八小时不需要加班的时间。下午三点我愉快地坐在电脑前面，不敢相信自己会如此幸福。老熊先生的电话就是在这个时候打进来的。当时我心里一沉，以为外婆的身体有什么问题了，不过他的声音听起来倒是平静："你今天能按时下班吗？我就在你们公司楼下，哦，我身后是中信银行，我等着你。"

就在楼下那间星巴克（也许那是老熊先生在路过无数次后第一次进去），我们似乎说了此生最多的话。他告诉我他这几年逐渐发觉合伙人不太妥当，工厂越来越艰难，他也想努力改变但是好像越努力越像是一个笑话，现在他们俩之间爆发了巨大的冲突——合伙人牵线引来了一个工厂的买家，但是买家开出的价格让他觉得自己二十年的辛苦在被赤裸裸羞辱……他说，我听着。那是唯一的一次，他真正意义上在对我毫无顾忌地表达着什么。以至于他说完以后，一瞬间不知道该用什么样的表情面对我。

所以他急匆匆地笑了笑："我想听听你的意见，我没有人可以商量。"

我先是拼死请了三天假，我说刚刚我在卫生间吐血了，可能是急性胃出血我得去医院看看。然后我们就搭了当天的航班——除去时间宝贵之外，我不想带老熊先生回家去，当时任何一个人，只要不瞎，都能看出来我和李绡的关系已是穷途末路。我联系上了一个曾经相处愉快的实习生，他刚好在深圳读研究生，我们俩，加上老熊先生那位用了十几年的财务，三个人没日没夜地过了一遍所有的账本。

我就睡在财务室的沙发上三天，我知道老熊先生没有告诉我妈我回来了。老熊先生恢复了习惯性的沉默，他紧张地注视着我不停问那些老会计各种问题，不停地把一些相关的人叫进来对话——他从来没有见过这样的我吧，表情越来越无助，就像是看着一个怎么也不肯下诊断的医生。我在那堆经年累月，乱七八糟的账本里看见了老熊先生的二十年，豪爽的时候不管不顾买了过于贵的设备，在年底派出不合理的分红，含辛茹苦的时候战战兢兢地应付着每一笔开支，驳回一些金额为 100 或者 200 的报销申请，哪家银行曾经非常友好危机时分又翻脸无情……我很想给我小学四年级的班主任打个电话，那篇题为《我的爸爸》的作文，我现在终于知道该写什么了。

人困马乏的黎明时分，他问我："你怎么看呢？"我说："卖吧。"他咬了咬嘴唇："就那个价钱？"我把我的电脑屏幕推给他看："你可以稍微再还一下，不过其实差不多。事实上——"

他在桌面上握紧了拳头:"可是,可是他们至少要裁掉一半的人,有些员工都跟了我十几年了……"我静静地看着他:"你相信我。就算是这个价钱,有很多人也已经在偷笑了。如果现在不卖,明年你会非常非常难——"他安静了片刻,笑了笑:"行,我明白了,我原来只是以为,日子还长……不过么,时代也算是在我这边站过的,它要过去了,也得接受。"可是他骤然又激动了起来,他用力地看着我的脸:"我这不是……这不就是……半生蹉跎了吗……"他反复重复着这句话,声音渐渐微弱下去,自己也不知道该如何收尾。

他自己开车送我去机场。他的工厂并不在深圳,所以要抵达机场,需要走好长一段郊区的公路。天空澄澈,我们一路几乎无话。后来他突然笑了笑,他说:"庾信平生最萧瑟,暮年诗赋动江关——我宁愿像他一样,最好的时候晚一点再来……"我只好说:"……可是唐朝人活得短。而且,我已经长大了。"笔直的公路边,我看见了满树张扬的木棉花。

回到北京之后自然需要拼命加班用来补上那三天假期。

周日的时候我买了几束李绡最喜欢的绣球花,放在餐桌上。那天我们吃了一顿非常愉快的晚餐,都喝了酒,她没什么酒量,脸颊很快就扫上了一层浅浅的红晕。我有很多话想跟她说,但我不知道该怎么开始,她甚至没有问我消失的三天去了哪里。她干掉了面前的半杯红酒,手背蹭了一下嘴角,然后她看着我笑了,眼睛里像是被自己的笑容挤出了泪水。

我想从1992年,老熊先生掉在膝盖上的那张晚报说起。但我终究没有。我只是说:"李绡,我还能怎么做,就可以让你再开心一点,你能不能告诉我?"

她继续笑着,笑意越来越深,媚态恣意,连手指尖上都缠绕着悲凉,她说:"大熊。有很多夫妻只是朋友而已,但是可以白头到老。你就不要再逼我爱你了,行吗?"

不过是痛苦而已,痛苦生生不息,总会过去。

过不去也是平常事,总之死不了人,怎么都能活下去。

活不下去也不要紧,死个人而已——只是注意不要在早高峰的时段跳地铁就对了……

我也曾经带着成蜂蜜坐过地铁。列车呼啸而至的时候,她很难得的，乖乖地让我把她抱起来，没有踢我。

太阳在地平线上隐约地摇晃，我越跑越慢了。

崔莲一她真幸运，有多少人的青春烧完了就只剩下一片携带终生的废墟，她的那片废墟里偏偏蹦出来小小的一轮红日。可是我没有。

我在怕什么？

外婆第一次不认得我的那一刻，我就知道了，人生本无意义。

1992年春天，老熊先生在一个厨房飘着茄子香味的黄昏，骄傲地凝视着我，这骄傲将很快得到证明，可是所有的证明也会烟消云散。

我为什么要害怕失去那些我本来就未曾得到过的东西？

我只是害怕自己狼狈不堪而已。"狼狈不堪"有种特殊的血腥气，我闻得出来。若有朝一日我真的躲不过去了，那我宁愿一个人待着，孤独终老需要有人破门而入替我收尸也好，至少不会有任何至亲以我为耻。

每次看着崔莲一和成蜂蜜的亲密无间，我就能相信，的确存在一些坚定不移的东西。但我凭什么想让这样的坚定不移与我有关呢？我太自不量力了。有一回蜂蜜和她妈妈爆发了一场非常认真的冲突，蜂蜜的四头身绷得紧紧的，用力握住了小拳头，愤怒地宣布："妈妈我告诉你，我最喜欢的人其实是我爸爸，妈妈你坏……"然后我就在这个剑拔弩张的时刻笑了出来，我只是惊讶，这样一只个别词汇的发音都还不准的小动物，她已经明白了如何精准地刺激她妈妈。崔莲一也跟着大笑了起来，一边笑一边说："好吧好吧，我最喜欢的人不是蜂蜜，其实是姥姥家的小叶子（小叶子是一只拉布拉多）……"蜂蜜眼泪汪汪地怒视着两个邪恶的大人，两只冲天辫炸毛了。然后她爆炸性地哭了起来，一边哭，双臂一边上下挥动，苹果脸彻底憋红。崔莲一像是意识到了什么，立即把她整个人抱在了膝盖上："蜂蜜对不起，妈妈跟你闹着玩的，妈妈最爱的是蜂蜜，永远都不可能是别人——"蜂蜜的哭声由愤怒变成了委屈，随后像是想起了什么，从崔莲一怀中探出身体，小拳头努力地打在我的手臂上。

　　人世间真的存在坚定不移的东西，只不过为了守护这个坚定不移的东西，崔莲一就推开了我。

我是不是真的连让你犹豫一下都不值得？

熊漠北，你到底在怕什么？

什么是"爱"？爱至少应该是"不怕"。如果做不到，"爱"迟早会在各式各样的恐惧里被消磨成为各式各样的算计。"恐惧"有一百种折磨人的办法，它会让一个人以为自己只不过是遍体鳞伤的弱者，可其实手指间早已滴着别人的血，眼睛里早已全是下作的狰狞。

我害怕的也许就是此刻，清楚地知道自己被放弃了，清楚地知道自己没有被选择。可是那个被选择的是蜂蜜啊，这没有错，怎么可以不选择蜂蜜呢？

如果没有蜂蜜，你是不是就可以选我了？如果没有蜂蜜，我们永远都不可能相遇。

那是苏梅岛的夜晚。而那个晚上我们都筋疲力尽。我说过了，第一天我弄丢了蜂蜜的一个安抚奶嘴，我们为此还爆发了一点小争执；第二天白天，崔莲一把第二个奶嘴忘在了出租车里，这下我们俩扯平了，都丧失了埋怨对方的资格。

然后就是第二天晚上，蜂蜜自己不小心把最后一个宝贵的奶嘴掉进了马桶，只好大哭着看着我把它捞出来，再丢进垃圾箱，她自然是无比难过，可是没有办法。那天晚上她哭得很凄凉，哭累了终于睡着了。世界终于安静得像是回到洪荒时刻，我和崔莲一对看一眼，甚至没力气相视一笑。烟火就是在那个时候开始升腾的，缤纷地透过纱帘映亮了她的惊喜。她惊喜地朝窗外的夜空看了看，然后她转过身来，亲吻我的脸。在火树银花之下，在灯火阑珊之间。

成蜂蜜酣睡得像只小猪，不知道自己错过了人间盛景，两只小拳头端正地摆放在枕头两端。然而就在那一夜之后，她戒掉了奶嘴。第三天，第四天，她都没有再闹，从那以后，就奇迹般地成了一个不需要奶嘴的成熟的女孩。

太阳从树枝间跌落了，我终于停了下来，身体恨不能对折成九十度，太阳穴呼应着心脏，有节奏地巨响。

电话在响，是崔莲一打来的，她的声音有一丝颤抖："喂？我——我现在，需要你帮我一个忙，可以吗？"

十二

我在早上九点四十分的东三环……反正急也没用。起初其实我很想坐地铁,但是考虑到要带着成蜂蜜去医院,就觉得还是开车方便一些。

事情是这样的,苏阿姨的母亲突发脑梗紧急入院,苏阿姨只好请几天假回家,于是崔莲一的一个退休的姑妈前来代班一个星期——因为在这一个星期里,崔莲一必须出差两三天。此刻正逢崔莲一已经离开了北京,一大早幼儿园却来了电话:成蜂蜜小朋友坚持宣称自己肚子疼,为了保险起见,校医还是建议家长来带她回家——需不需要去医院,监护人自行决定。于是问题来了,崔莲一不在,苏阿姨不在,崔莲一的父母也在度假中,而这位代班姑妈——大家都忽略了一件事，忘了把代班姑妈的照片和姓名上传学校的系统，所以保安不能让姑妈把成蜂蜜从幼儿园带走。不过成蜂蜜小朋友的资料中，除去以上几位碰巧都不在北京的家人，还有两个紧急联系人的名字和电话：一个是成机长，另一个是我。

也许她已经找过成机长了，但是成机长在飞；更有可能的是，她没有打算找他——以我对崔莲一的了解，她认为在这种时候拜托蜂蜜的爸爸就等于承认自己作为妈妈的无能——当然我并不认同这个逻辑……后面的车按喇叭催我的时候，恰巧手机上响起一个陌生号码的来电。

"你好熊先生，我是特斯拉的销售经理×××（完全听不清她的名字），您之前来我们店里，Model X 2020 长续航版，这周有两辆到店，不知道您还有没有兴趣，如果可以，只要今天付个定金，就给您留下了。我们现在搞活动，有个特别合适这款车的贷款产品，您不用全部付清，有兴趣就过来了解一下吧……"

我没有兴趣，我起初只是希望——蜂蜜看到这辆有翅膀的车是专门来接她的，一定会非常非常高兴。我忘不了那晚蜂蜜满脸的惊喜,那种滚烫且任由它溢出来的喜悦,让我想起的完全是某种自然界的力量。只是现在,我不知道还有没有机会,让她遇见那个开着会飞的车的大熊。

这是我第一次真的走进这座蘑菇飞碟内部,坐在安静的走廊里,等着老师带成蜂蜜出来。这里的桌子椅子都很小很小,我坐在一张瓢虫形状的板凳上,感觉自己是个入侵者。我站起来走到色彩缤纷的墙壁旁边,我想不起来成蜂蜜在哪个班了,总之这面墙上是大家的画展,画展的主题已经醒目地用美术字贴了出来:"我的家——My Family"。小朋友们的画仔细看都还蛮有意思——有一个小孩把狗和猫画得比他爸爸妈妈都大,且居于画面的正中央,家庭的权力结构一望而知;还有一个小孩也许是个混血儿,因为他非常刻意地画出了妈妈金色的鬈发与夸张的蓝眼睛——当然也有可能是美瞳爱好者;一个小孩可能出身于土豪之家,他们一家四口人都骑在马背上,背景一片绿色,她和她的爸爸都是一身非常标准的马术比赛时候的装扮;还有一个小孩的画面里只有他自己和两位老人家,皱纹画得很夸张——而他的爸爸妈妈,我能看懂,他想表达的是爸爸妈妈存在于iPad的视频画面里,但是他画得实在有点像是遗像照片……

然后我就看到了一张画,画面上那个小女孩梳着两条非常喜庆的冲天辫,身边有个像骆驼一样的女人,胳膊粗得宛若马蒂斯的作品,那只不成比例的粗胳膊搭在小女孩的肩上。骆驼女士不笑,寥寥几笔眼睛和严肃的嘴角有种铁面无情的感觉,我知道这是苏阿姨。小女孩的膝盖上放着一个——应该是一个类似果酱瓶子的东西,写着一行挤得看不清的字母,仔细辨认能看出来,字母是:honey。她的爸爸和妈妈分别坐在两侧,妈妈坐在小女孩的另一边,爸爸挨着骆驼女士。然而在这所有人的身后,站着一只巨大的棕熊。和气球一样的身体比起来,棕熊的头倒是格外小。我的心在此刻重重地跳了几下,仔细地看,棕熊脸上挂着一种很淳朴的笑容。舌头露在嘴角,眼睛的视线朝右下角略微倾斜——也许是在偷窥着小女孩手上的蜂蜜罐子。画的右下角有一个很豪爽的签名,从上到下:成蜂宓虫——那个"蜜"字写得过于分开,因此读起来就是这样的效果。

"大熊,是你呀。"可能因为有老师站在她身后,成蜂蜜小姐的声音前所未有的乖巧,看到我转身,还恰当文静地冲我笑——这让我一时因为太不习惯,都忘记了要跟老师寒暄。两个多月不见,她好像是长高了,辫子已经长得可以垂在胸前,只不过因为穿了羽绒服,依旧是圆滚滚的,看起来上半身和下半身一边长。老师一边帮她背书包,一边询问我:"蜂蜜妈妈打电话说过了,您是她舅舅?"

蜂蜜乖巧地保持沉默,我只好热情地表示给老师添麻烦了。

一走出幼儿园的大门,蜂蜜就娴熟地停下脚步,转身,面无表情地冲着我张开双臂,像是原始人祭祀时的仪式动作——鉴于我认识的她总算回来了,我爽快地弯腰,把她抱起来。蜂蜜满意地勾住我的脖子,认真地问:"大熊,妈妈说你到伦敦出差去了。"我犹豫了片刻,点点头:"嗯,过几天还得再去。因为——这次的工作比较麻烦。欸我说……"我想赶紧转移一个话题,"你跟我说实话,你是真的肚子疼吗?是不是不想上幼儿园……"

她看起来陷入了思考:"其实现在不疼,不过我觉得一会儿会疼的。"

"是么?我本来打算你要是真的没有肚子疼,就去请你吃冰淇淋,要是一会儿会疼,那可就算了吧,请你喝点热水……"我费力地腾出一只手在衣兜里按了一下,车灯应声一亮。

"你等一下啊,"我把蜂蜜放下来,去开后备厢盖,"我得把儿童座拿出来,帮你放上去……你先坐进车里也可以。"

此刻需要把蜂蜜的安全座椅拿出来重新装上,是一件感受复杂的事:"我先带你去买点消化的药,然后送你回家之前可以请你吃点好吃的……"我把她塞进去,调试着安全带的长短——一段时间不再使用它,果然有点生疏了,"你妈妈说你平时都是吃益生菌的?"

蜂蜜羞涩地笑了笑:"你还是带我去医院吧,我——我不小心吃了一个我妈妈的扣子。"

"扣子?"我没听明白,"你咽下去了?"

她的双手奋力地在空气里做着手势:"妈妈床旁边的抽

屉里面,有个扣子,在一个蓝色的盒子里面……"

我有一种极为糟糕的预感,但是必须保持耐心:"你不要急,你慢慢说,你为什么要吃了妈妈盒子里的扣子?"

她显然是感受到了某种紧张的气场,表情也开始认真:"就——我们班关晴中说,她是从一个蛋壳里孵出来的,我说我也是,她说我骗人。我就说我妈妈还保留着我出生时候的那个蛋壳,我可以带给她看……"讲到了关键部分,她的声音越来越低,"妈妈说,所有重要的东西都在那个抽屉里。我今天早上过去找,没有蛋壳,我就把那个盒子拿走了。我……"

"然后呢!"

"那个扣子是亮闪闪的,我想拿给关晴中看,告诉她妈妈把我出生的蛋壳拿去烧了,然后烧化成这个亮闪闪的扣子……"她停了下来,一脸惊奇地看着我抓起她的书包,打开,拼命地翻。

终于在书包外侧的夹层小兜里摸到一个硬邦邦的东西,我鼓足勇气拉开拉链,那个深蓝色丝绒的小盒子果然是我见过的那个——求婚那天,我打开它的动作都有点笨拙,盒子盖总算掀开,不出所料,里面空空如也,戒指已不知去向。

"可是,"我没法相信这是真的,"那个戒指是一个挺大的东西,你怎么可能把它咽下去呢?"

蜂蜜的脸上越发无辜了起来:"我拿给关晴中看,她要抢,然后老师过来了,我就……"

我想起来在阿羌酒吧里的那一幕,我从洗手间里冲出来,是为了阻止他们给她坚果,可她不明白发生了什么,所以她害怕了……她紧张害怕的时候,习惯动作,就是恐慌地把那几颗开心果塞进嘴里。

"然后你就把那个戒指放进嘴里了?哦就是你说的扣子?"

她慢慢地点头。

"就算你害怕老师看见,你放进嘴里了,那你不是应该等老师走了再吐出来吗……"

恐惧渐渐在她脸上弥漫起来,她的小手不停地抠着安全带上的搭扣:"我,我也不确定——是怎么回事,后来就——

滑下去了。"她用力地张开嘴,给我看她的舌头,"关晴中也帮我在嘴里找了很久,都没找到。"

事已至此,我也只能深呼吸:"我现在带你去医院,该怎么办我们听医生的,你现在确定肚子不疼是吧?那应该暂时问题还不大,总之医生怎么说我们就得怎么做,就算医生说要做手术你也不可以闹,祸已经闯了,你要配合懂吗?"

我关上后座的门,坐回方向盘后面,我想问问杨嫂,哪家医院的专家比较擅长处理这种情况,杨嫂没接电话;然后我也必须给崔莲一打电话,她是否应该立即回来就看医生怎么说吧。当我意识到我身后安静得有些诡异的时候,才想起来再转身看一眼。蜂蜜在静静地流眼泪,悄无声息,圆圆的下巴上多出来了很多小小的细纹,就好像有一场细雨打出了很多细小的坑洞。

"喂,怕什么嘛,"我尴尬地对她做了个鬼脸,"大熊不是在跟你生气,现在谁都不是生气的时候,要解决问题,医生也不是来惩罚蜂蜜的,是来解决问题的,当然你得记得,下一回绝对不可以再在害怕的时候把东西往嘴里放。"

引擎启动的时候，车里的音乐也跟着响了，来的路上我随便放着 Justin Bieber 的专辑，蜂蜜抽了抽鼻子，用羽绒服的袖子奋力擦了擦脸："挺好听的。"

为了让她不要害怕，我把这首 Justin Bieber 的歌循环放了三四遍，等她听腻了以后，又关掉车内音响，和她一起合唱"门前大桥下，走过一群鸭，快来快来数一数，二四六七八……"她需要时不时提醒我我不会的歌词，直到我全部记住，大约又顺畅地合唱了四五遍以后，医院总算到了。

急诊室的大夫声色俱厉地骂我："你们这些大人以为孩子丢给幼儿园就完了吗？小孩吞下去异物是一个特别常见的事故，怎么你们就是不接受教训……"蜂蜜在一旁惊恐地扬起小脸看着我，无助地等待医生骂完。最后的结论是我们得先确定戒指此刻去了哪里，于是开了单子做 B 超和照 X 光，一位护士特意带着我们去 B 超室加塞儿，因为情况特别，蜂蜜可以不用排队。只不过这样一来，整条走廊的患者或者家属都纷纷过来围观那个吞下去戒指的熊孩子。

消化内科主任也被惊动了,被叫到 B 超室里,蜂蜜一动不动地屏息躺着,眼睛里渐渐充满了好奇与女主角的微妙惊喜。总之几位医生都确定了,这个小孩的胃里没有戒指。主任怜悯地看着我说:"如果钻石是真的,不会那么容易被胃液腐蚀。"

接下来就是照 X 光,我们并肩坐在 X 光室外面,液晶屏幕上的号码显示,下一个就是蜂蜜。

"你认不认识字?"我问她。

"认识一点点,"小小的手指指向了液晶屏,"认识成蜂蜜。"

"还有呢?"

蜂蜜不回答,她看着屏幕上她自己的名字,突然清晰地说:"其实,我愿意去伦敦上幼儿园。"我感觉手臂上泛起一阵凉意,就像我们初次见面的那天,她清晰地告诉我其实她爸爸比我个子高。

"是妈妈和你说什么了吗?"我问她,我心里也知道未必,也许又是一个类似之前的奇异时刻,她只不过在一瞬间领会了一些她其实根本无法理解的事情。

她不置可否:"我妈妈跟小饱妈妈说,到了伦敦蜂蜜该怎么办。"

我只好笑笑:"不过吧,明年呢,你就五岁了,按照英国那边的学校——你不能上幼儿园,你得上小学了。"

"啊!"她一脸的晴天霹雳,"那就,还是算了吧。"

"所以你不去也好,你乖乖等着大熊回来。其实很快的。"

她仔细地凝视着我,她不知道我在撒谎。此时走廊里经过一位穿着白大褂的大夫,他真的非常高大,目测超过190厘米。成蜂蜜突然果断地跳下她的椅子走到这位路人跟前去,大声说:"为什么你就可以这么高?这很不公平!"

我只能强忍着笑意与尴尬,把她拖了回来。她看见我在笑,习惯性地挥出了小拳头,但是考虑到今天闯祸的人是自己,犹豫片刻,拳头还是放下了。

X光片出来,在大肠还是小肠的部分找到了一个闪闪发光的亮点。医生大笔一挥开了泻药和润滑剂,简短地命令:"排出来为止。"

当崔莲一风风火火地冲进来的时候,已经是四点多钟,这是冬日下午才会有的微妙时刻,黄昏未至,但是每一块窗玻璃上的光芒都已是夕阳的前奏。在这样的光线里,每个试着阖上眼睛昏昏欲睡的人,都像是在预览自己的葬礼。崔莲一的黑色大衣完全敞开了扣子,她脸上带着室外的冷清,掺着灰尘的光晕又细细地落在了她身上,肩头,以及发丝之间,她满脸的惊慌,她问我:"蜂蜜呢?蜂蜜在哪儿?"

别来无恙。

我告诉她蜂蜜跟着护士姐姐去上厕所了——那是医生处方的力量。她这才肯坐下来,从我的膝盖上拿起蜂蜜的玫瑰红色羽绒服,把它紧紧地抱在怀里,团成了一朵花。她说:"我在飞机上一直在想,昨天晚上我在收拾箱子,我姑姑在洗衣服,我知道她在我的房间里玩但是我没注意她……全是我的错,她应该就是在那个时候把戒指拿走了我都没注意到……你别骂我!"她脖子仰起来,又是那种僵持的状态,"别骂我,我知道是我的错,我知道全是我不好,但是你不能骂我!"

我沉默地看着她,犹豫着搂住了她的肩膀,我只是想跟她说其实蜂蜜没什么大事,她靠了过来,好像是筋疲力尽,但我还没来得及说什么,她似乎又愤怒了起来:"现在学会去我抽屉里偷拿东西了,你说这怎么办,非得揍她不可,等会儿回家我一定狠狠地揍她。"

我拿不准该不该附和她这句话,但此时蜂蜜已经跟着护士姐姐走了出来,护士姐姐手里端着一个白色的痰盂,蜂蜜看到她妈妈的时候,眼神里有种明显的因为心虚理亏导致的迟疑。崔莲一已经整个人都弹了出去,仿佛我刚刚在她身后拉满了橡皮筋。她近乎凶猛地一把抱紧了蜂蜜,声音里带着哭腔:"宝贝,你吓死妈妈了你知道吗,妈妈真的要吓死了……"

蜂蜜的脸被崔莲一的肩膀挡住了一半,不过我还是成功地给蜂蜜递了一个安慰的眼神:她暂时安全了。

护士给了我和崔莲一口罩和一次性手套,我们俩隔着那只白色痰盂尴尬对视着。"来吧。"我对她说,"这个活儿我今天已经干了两回了,欢迎你加入……不要直直地盯着看,能摸到就好。"

"你确定前两次都没找到吗?"她像是狠了狠心,塑料薄膜后面的手指终于伸进那堆排泄物里,开始翻找。

"我确定。我找得可仔细了,护士小姐姐都表扬我细致。"

包裹着我手指的塑料薄膜不小心碰触到了她的,她笑笑,躲开了。

"有了,在这儿。"我的手指不得已加大了搅拌的力度,亮闪闪的光点确实在浮现。

"熊漠北你当心一点啊,你别弄到我袖子上!"崔莲一笑着躲闪我。

"喂,这可是你亲生的。"

"亲生的屎也是屎好吗……欸,我也看到了!"

那枚钻戒总算躺在了我的手心里——准确地说,是我手心上那层污迹斑斑的塑料薄膜上,看起来蜂蜜的消化系统一日游,并没有让它的外形有丝毫改变。

"谁让你不买大一点?"口罩上方她的眼睛终于恢复了灵动,"你如果能买个两克拉的她怎么可能咽得下去……"

"我当时想钻戒不过是个形式而已,结婚的话也需要留一些钱换新车。"

"呵,新车,这就是男人!"

我们俩同时打住,也许是觉察到了接下来的对话方向会有点难以把握。我躲闪着她的眼睛,正好此刻,护士已经笑容可掬地走过来恭喜我们可以带着孩子离开医院了。

回家的路上夜幕已至,崔莲一并没有如我预料的那样,会严肃地跟蜂蜜聊聊她究竟做错了什么。因为刚刚开了个头,蜂蜜就已经昏昏欲睡了,倒也是,这一整天过得太刺激。车里安静如昔,我知道蜂蜜的小脑袋已经歪在了安全椅的一侧,偶尔后座上传来塑胶袋轻轻的响动,那里面是医生为了以防万一给开的消炎药。我和崔莲一没有交谈一句,只不过她在前面一辆车没有打转向灯就在变道的时候对我说了句"当心",就好像我们上一次见面不过是昨天。

我停好车的时候,崔莲一还在专注地回复信息,她应该也是丢盔弃甲地跑回北京来,需要急着给工作上的事情善后。我打开后座车门的时候,她像是吓了一跳,抬起头,注视着我的样子,像是不确定我们是不是真的又见面了。"你帮我拿箱子怎么样？"她说，"还有蜂蜜的书包，我来把她抱上去。"

她非常熟练地把成蜂蜜从安全椅里面捞出来，两个人的身体似乎立即严丝合缝。她的手机从后座掉下来，她示意我帮她捡起来。成蜂蜜还是醒了，睡眼惺忪地表达着不满，于是崔莲一赶紧抱着她走远，后座上一片七零八落，我从那堆东西里捡起了她的手机。

我没有故意要看她的信息，她的手机原本就停留在某个人的对话页面上，时间太短，还没来得及锁屏。于是那页对话正好就被我撞了个正着。

是蜂蜜的爸爸，上一条信息是八分钟前发进来的，内容是："对了，我觉得你们现在的家暖气还是不大好，这几天降温了，你一定要多开着蜂蜜房间里的空调。"崔莲一简单地回复："知道的。"成机长的最新一条信息则是刚刚发来的，崔莲一还没来得及回复。

成机长说："可能是最近天冷了，我特别想念蜂蜜。"

我想我偷看别人的手机毕竟是不对的，虽然我不是故意的，可是毕竟这在事实层面跟偷看导致的结果是一致的。我有点慌张地打算替她退回到主界面去,离开微信——成机长的另一条信息又进来了,很短,短到即使我完全没想阅读,扫一眼便也看到了,新的信息是:"还有你。"

我把崔莲一的手机放在自己的衣袋里,这样可以腾出手去拿所有的东西。

直到电梯门在我眼前缓缓合拢,我才意识到,他之所以知道这个房子的暖气不算很好,也许是因为他不久前来过。两扇电梯门总算是相遇了,地库里的光线被它们果断地切割在了外面。

来给我开门的是那位初次见面的姑妈,崔莲一在用座机打电话,从房间里隐约传出来的声音,好像电话的另一端是苏阿姨。苏阿姨估计是急疯了,我听到崔莲一好像在查询火车票的时间。姑妈热情地问我吃过饭没有,我说我等下还有事,我跟蜂蜜说句话就走。

成蜂蜜端坐在墙角的木马上,用力地前后摇晃着。

我拖了一张小板凳——就是我们一起等昙花的时候用过的,在木马面前坐下。"蜂蜜,"我对她笑笑,"大熊接下来要出个远门。"

"知道。你去伦敦出差。"蜂蜜用力地点点头,"很快回来。"

"对,"我看着她的眼睛,"你要听妈妈的话,听苏阿姨的话,不可以随便往自己嘴里放东西,我相信,你今天也得到教训了,对不对?"

木马摇晃得更加用力了:"那你沙玛时候回来?"

"我……"我想起蜂蜜版中文里的常用词,"后天吧。大熊会寄礼物给你。"

"后天"的意思,反正是很久很久以后。

木马突然停了下来,木马的眼睛和蜂蜜的眼睛都在安静地看着我。她现在已经不再记得自己一年前不知道其实冰淇淋会融化,我们告诉她三岁那年她因为冰淇淋化了大哭大闹,她都是非常鄙夷地表示那不可能。所以明年的这个时候,她也不会再记得大熊。如果有人拿给她看那张她自己画的画,她说不定会觉得出现在画面里的巨大棕熊不过是她自己的想象。

"蜂蜜一定要好好地长大。蜂蜜现在就是一个最聪明,最有灵气，最善良的小姑娘……"

"不漂亮吗？"她皱起了眉头。

"当然也是最漂亮的。我的意思是说，善良、漂亮，还有聪明，蜂蜜已经都有了，"我艰难地笑笑，"蜂蜜得带着这些，努力长成一个最好最好的大人。因为最好的大人，只有聪明、善良，和漂亮还不够。"

"那最好的大人应该是沙玛样的？"

"最好的大人还必须勇敢——勇敢，还有自由——是最重要的东西。"

"不对，"她煞有介事地摇头，"妈妈说了，最重要的事情是安全，妈妈刚才还这么说的。"

"妈妈说得没错，可是……这么说吧，有一天等蜂蜜长成大女孩了，可能会发现，在勇敢、自由、还有安全里面，你只能选一样。如果你选了安全，这是对的，只不过，你得记得，不要嘲笑那些选了勇敢和自由的人。"

她歪了歪脑袋，小手往两边一摊："要是他们反过来嘲笑我呢？"

"那就原谅他们,"像是有一阵潮水在我的胸口处恣意席卷,我必须咬紧牙,我知道它们总会过去,"如果只是嘲笑的话,可以原谅他们——因为选了勇敢和自由的人,他们的路真的会很难,很不容易。"

"那关晴中笑我是胆小鬼,我也得原谅她?"

"现在不用,我说的都是等你长大以后的事儿,蜂蜜要是能——到长大以后都记得,就好了。"

"我记得住。"木马又开始前后摇晃,这一次摇晃的幅度小了一些。

"记住了这件事,那就——再顺便记住另一件事吧。"我自己都有些不好意思地跟她笑着。

"你可真麻烦……"她非常用力地叹着气。

"我保证就剩下最后一件事了。你记得,大熊爱蜂蜜。"

耳边全是木马"吱嘎吱嘎"的声音,我的手在小板凳下面,用力地抠住了椅子腿,必须非常用力,才能让眼眶后面那股潮汐缓慢地退回去,让我维持一个大人得体的表情。

蜂蜜愣了一下,随即用一只小手轻轻地拍打了一下自己的额头:"大熊啊,虽然我更爱的是我爸爸,但是我也不是不爱你,你就不要总想着跟我爸爸抢了,这样很幼稚的。"

"不错哦,"我跟着她笑,"幼稚这个词都学会说了。"

"那好吧,其实我爸爸只比你帅一点点,就一点点……"

然后我站起身,冲她和她的木马认真地挥了挥手,迅速地从地上捡起我的钥匙,快步往门边走了几步。

"大熊——"她清亮的声音在我的身后响起来,客厅又一次变成了清晨的幽深山谷,"后天,你可一定要回来呀。"

我把手伸向空中,朝身后比了一个"OK"的手势。我不能回头。手指总算是碰到了门把手,门外一股凛冽的冷风对着我迎面一扑。电梯门前我胡乱地把我能碰到的两个按键都按了一遍,凭借大概的位置,算是摸清了哪一个代表下楼的方向。

我在方向盘的后面呆坐了很久,直到听见电话铃声。崔莲一的声音在那个座机号码后面跟我说话:"那个——你是不是忘记把我的手机留下了?"

我如梦初醒地摸了摸右边的口袋,一时张口结舌,还好崔莲一替我解围了，她说："你应该还没走远吧，我现在下楼到小区门口，你掉头回来到……"

"不用，你到停车场来吧。"我打断她，"就刚刚的那个位置，我还没有走。"

她没说话，我也没有，我们隔着电话听了片刻彼此呼吸的声音，然后她说："好。"

她打开车门，坐进了副驾的位置。从我手里接过手机，她有些尴尬："刚才我忙着给苏阿姨打电话，苏阿姨一听说这件事，马上就买了明天的火车票，说她只离开了几天，就发生这种事，让她怎么能安心在家里待着——还好她妈妈情况稳定了，脑梗没有发生在特别关键的区域。"

"那就好。"我说。

"今天——辛苦你了。"她的手已经放在了车门上，但是又缩了回来。

"其实我可以不去伦敦，"我被自己的话吓了一跳，"可是我只是想知道，对你来说，我是不是……你是不是真的很想和我……"算了我还是闭嘴吧。

"我很怕,我怕你如果真的没有去,再过两年,你会恨我;我怕如果你去了,再过两年,我会恨你——大熊我真的很珍惜我们的这一段,不要把它变得糟糕,我宁愿——总之你再想想吧,我也……再想想……"她终于侧过身子,热切地看着我,"我本来想把那个戒指还给你,可是现在它……觉得,它已经被蜂蜜……反正还给你,也挺不好的。"

我想问她,成机长是不是改主意了,他是不是最终没有去结婚,而崔莲一是不是突然发现,"蜂蜜的爸爸"和"蜂蜜的妈妈"之间的那种相互纠缠的力量,比她自己以为的要难以摆脱。经历过我之后,她会不会又一次地认了命?或者是……我心里的问题太多了,所以我什么也没有问。

我吻她。

她抱紧了我。她把副驾的座椅放了下去,她整个人似乎在缓缓地降落,直到座椅彻底放平。她就像是水草那样,把我自然而然地缠绕到了湖底。我把我的外套丢在了后座上,她一个一个地解开了我衬衫的衣扣。我想起我们俩的第一个夜晚,一片黑暗之中,她拧亮了床头灯,光晕里她跟我笑了,她说你为什么要关灯，你不想好好看看我吗？我说我其实是怕你不喜欢看我。她就像现在这样，逐个地解开我的扣子，她说我连看都没看，你怎么知道我不喜欢？

她的手轻轻地印在我的脊背上。我觉得我的后背滚烫，当然也可能是她的手太凉了。我愿意融化全部的自己去温暖她，把她也融化掉，用我的体温，用我眼前这一片刺眼的光晕，用我记忆里所有的夕阳。我知道所有的融合不过是错觉而已，就像我知道流星即使呼啸而过，在四周搅动起来的那个燃烧的雪亮的漩涡总会归于寂静。我不清楚她是不是想来正式地跟我告别，还是在表达她的遗憾，或者她的犹豫——我不想问，我不想听，我就当这是最后一次。只是直到此刻，我停留在她的身体里，她的嘴唇战栗地掠过我的耳廓，她像是一场干净的初雪，在我身体的最深处晶莹而轻巧地堆积。于是我才第一次百分之百地确定了，我们不过是一对最平凡的男女，只有在这样类似神迹降临的瞬间，我才真正被她接受，被她欢迎，被她盼望。然后"我"就消失，手无寸铁地消失。

所有的月见草齐齐绽放了。即使黑夜将至。

我不知道回到方向盘后面又坐了多久,眼前总还有那点带着深渊处光斑的眩晕。副驾座位慢慢地升了上来,崔莲一沉默地整理着衣服。我总算明白了,这是我此生迄今为止,最为深刻的一段关系。可是我居然什么都说不出口,我居然就这样看着她打开车门,走了出去。

十三

2020年刚刚开始的时候,我听说成蜂蜜的幼儿园因为有工程还是什么事情,提前放寒假了。于是成蜂蜜被姥姥和姥爷接去了他们度假的海边。崔上校和崔太几乎每年冬天都会去一个名叫乐东的地方——我甚至搞不清楚那个字在这里到底是应该念"勒",还是念"悦"。我看到了一张照片,成蜂蜜穿着一条海滩风的碎花小裙子,和那只非常著名但我从没见过的小叶子并排站在一起,背后是海天一色,小叶子的眼睛里,奇迹般地看出退休老人的怡然自得,蜂蜜脸上则是些许矜持的骄横——据说,只要是回姥姥家住几天,她的表情就会变成这样,非常清楚自己可以横行霸道了。

这张照片是崔莲一发给我的。最近我们的关系变得异常尴尬，恢复了对话，但是似乎彼此都在小心翼翼地控制着：隔两三天，说一次话；每次说话，不超过五句；非常友好与客气，寒暄而已，心照不宣地绕开重要话题。那个停车场的夜晚好像从未发生，有几次我原本想说我们可不可以见一面，话到嘴边却成了："蜂蜜还好吗？"然后她就会默默地发一张海边的照片给我，小叶子的出镜率很高。

年底的时候我觉得很累，"年底"在现代汉语里，是一个很神奇的词汇。从十二月开始，直到春节之前，都可以称为"年底"，这个春节我没准备回家，难得可以自己清净几天，打算等三月份启程之前再错峰回去。老杨夫妻再度出于人道主义，邀请我跟他们全家一起去马德里玩几天，我委婉地说，我不去。老杨释然地笑了："不去也好，欸我跟你说个特可靠的消息，莲一这个春节好像也是一个人过，她得去剧组——我只能帮你到这儿了……"

不过在他们已经到达机场，排队托运行李的时候，接到了杨嫂的父亲病重的消息。这些年，老杨和孩子们很少跟杨嫂的娘家走动，算是杨嫂刻意为之。杨嫂花了十秒钟做出决定,她自己留下。老杨叫嚣着说这怎么可以,咱们全家人如果不去就都不去。杨嫂怒吼道,机票和导游的费用已经不能退了,一定要浪费这么多钱吗?!老杨非常软弱地捍卫自己,说那万一老爷子真的走了我们怎么能不在旁边?杨嫂继续怒吼,他要是死了也是我一个人的事儿,这么多年他有哪怕主动问过一次孩子们好不好吗,你到底有数没数……没有悬念,杨嫂总是会赢的。

是的,我当然是在现场目睹了全过程。我原本是负责送他们,当杨嫂的怒吼声炸裂开来的时候我习惯性地后退了几步,适度地将自己混迹于路人之间。最终我热烈地跟小饱小眠拥抱挥别,再顺道把杨嫂载到医院去。在ICU的外面我总算见到了那位传说中的继母,是一个很瘦,很普通,但是非常努力跟我微笑道谢的老太太。粗粗一看的确找不到任何刻薄的迹象——当然我不敢跟杨嫂这么说,我的印象一定是错的。

虽然我依然作息混乱,但是因为总要三天两头帮杨嫂跑腿——有时候需要帮她带什么东西去趟医院,有时候需要把她从医院载到什么地方，还有过在一大早上班之前，先把她从医院送回家。所以这些日子以来，杨嫂经常督促我跟她一起吃饭，倒是让我奇迹般地感觉生活恢复了正常的运转。

"辛苦你了大熊。"她坐在后座上，难得的，说话音量很小。

"没事，反正我最近睡觉少。"

她轻轻地叹气，但是什么也没问。她不像老杨，从一开始她就没有问过我任何关于崔莲一的问题。只不过我给她讲过，我们俩是如何从一堆蜂蜜的粪便里把钻戒捞出来的，她笑了，她说："好得很。婚姻本来就是这样。"

通常是在天刚刚擦黑的时候，我开始想要喝一点。打开家门，就算一片黑暗，至少冰箱里有单一麦芽在等我。第一杯要加点冰块，到第三杯就不用加了。筋疲力尽的时候，我连外套都懒得脱掉，摸着黑拿杯子，取冰块，全套动作非常熟练，听着冰块的声音在杯子里碰撞，琥珀色的酒倾倒进来，在眼前略微一闪，就当是开了灯。

"大熊你是从什么时候开始觉得酒是个好东西的？"曾经在满室灯光下，崔莲一抱紧了膝盖，认真问我。

在三十七岁那年，比你以为的要晚。

有一个晚上，我喝到第二杯的时候，一阵沉重的困倦席卷过来，我好像已经很久没有尝过如此货真价实的睡意是什么滋味了。杨嫂的信息恰好在这时发进来，杨嫂说："这个三十也只能咱们俩一起吃年夜饭了吧。"我想回复："好。"但是胳膊却抬不起来。就这么睡了过去。

我梦见了蜂蜜。

在梦里我带着蜂蜜去故宫玩。梦中的我好像还努力回忆了一下，因为去故宫这件事情是真的发生过，可是在现实中，是我和崔莲一一起带着她去的。无论如何，梦里只有我们俩。我们在不那么拥挤的地铁里，她坐着，我站着，拉着吊环。地铁像是奔驰在永夜之中，蜂蜜的腿无法着地，自由地晃动着——虽然我们去故宫的时候是在夏天，但是反正这是梦，蜂蜜穿着那天去医院时候的棕色雪地靴。像是两只笨笨的小熊掌。

"故宫，就是紫禁城，是过去皇帝住的地方。"我跟她解释。

她仰起脸认真地问我："皇帝邀请你了？"

"这个倒没有，不过我还是准备去看看。"我认真地回答她。

我记得其实回答她这个问题的人应该是崔莲一，崔莲一不是这么说的，而我是怎么做到一边做梦一边回忆现实中的事情的？我推着那辆从阿羌那儿拿来的超市手推车，把蜂蜜放在里面，我就这样推着她，走过了太和门。红墙恢宏得绵延亘古，太和殿灿烂的屋顶迎着清晨的稀薄阳光，不怒而威。"哇……这么厉害……"蜂蜜的赞叹声发自肺腑，她急切地要求下来自己走，手推车被摇晃出来一阵类似铃铛的声响。

这部分好像都是真的，除了那辆莫名其妙的手推车。我把她抱出来，熊掌雪地靴踩着空旷的广场，她摇摇摆摆地冲着汉白玉台阶跑了几步。宫殿把她衬托得格外的小。她突然停了下来，也许是觉得路还是太远了，她就站在台阶的前面几十米处，扬起苹果脸，小身躯紧紧地挺拔着，对着金銮殿用力地喊了出来："你好呀——我是蜂蜜——，我马上——就要四——岁——啦——"

她的声音在殿外回旋，重重叠叠地响起，越发稚嫩。周遭三三两两的游人都在笑这个入戏的小姑娘,她浑然不觉。她只是惊喜地转过脸看着我:"大熊,原来皇帝就是回声呀!"

我是怎么回答她的?我真的回答过吗?一阵风吹过,手推车像是自己滑了出去,金属声清脆地叮当响,视觉中远近大小的关系完全乱了,红墙与金顶都璀璨得咄咄逼人,我在黑暗中睁开了眼睛,一时间以为自己还是留学的时候,躺在跟人合租的那个斗室里。窗户上依稀敲打着十五年前的雨。

这十五年,我真的拥有了什么吗?没错,买醉的时候,至少拿得出比当初贵几倍的酒,仅此而已。

窗帘没有拉上,对面那栋楼只有寥寥几扇窗户还亮着灯。我在身边摸到了手机,拿起来,原来已是凌晨。未读信息像是决堤洪水,把杨嫂那条年夜饭的安排冲到很远。我确定我已经完全清醒了,然后看到了武汉封城的消息。

年夜饭是我和杨嫂两个人吃的,席间也跟老杨和双胞胎视频通话过。老杨气色看起来不错,满心觉得眼前的疫情很快就会过去了。分别时杨嫂给了我两盒口罩,还有一盒一次性手套——她在大家开始抢购之前,在医院的便利店买的,嘱咐我省着点用。

除夕的深夜，北京街头的车很少，提速很容易，冷清而长驱直入的街道上，超车的时候，两辆车都有种漠然的痛快。也许是因为——大过年的，反正我们都没有回家，萍水相逢，不必焦躁，谁也不关心谁从哪儿来。看到限速70的标志开始踩刹车的时候，大年初一就到了。

接下来的十几天我都是这么过的——醒来刷一刷新闻，看看疫情铺天盖地的消息；家里还有酒和好几箱泡面，足够了；到了下午我一个人开车随便走走，去哪儿都行，有时候沿着机场高速，有时候沿着通惠河，能走多远就走多远，行至某个没有人的空旷的地方，再从车里出来，站一会儿透透气。疫情之下，北京居然有这么多的人迹罕至之处。有一天我站在加油站的超市门口，看远处黄昏将至，觉得就这样过完一生也可以。然后我的手机提示收到了新的邮件——伦敦的外派暂缓，不只是我，所有的外派都暂时延期。我一点都不意外，不过就像几个月前我接到老板的电话时一样，我也没有马上告诉任何人这个消息。微信里，与崔莲一的对话，已经是二月中旬了，上一次我跟她说话的时候还是大年初一早晨，我跟她说新年快乐，你要注意防护。她没有回复我。

居家办公的效率极低，不过好在当世界停摆之后，工作低效暂时不是罪孽。某个午后我开完一个冗长但其实没什么事情可讨论的视频会议，看到微信的通讯录里有个人申请添加我，我以为是刚刚一起开会的某人，于是打开，那个ID让我一瞬间有点恍惚。通过之后对方火速发了信息给我："大熊，我是岳榕。"

我知道是她。

她从BBS时代就喜欢称呼自己为"什么什么榕树"，原来至今未改。我问她："你好吗？"她回答我："不太好，我困在武汉。"

然后她的信息就一条一条飞速而至，她打字一直非常快，也许她已经准备了很久。她告诉我老家已经没有任何挂念的亲人了——没错就是那个我们一起领结婚证的小城，她这次来武汉原本是想来童年时代关系最好的表姐家暂住一段日子，一起过个春节——她坚持她跟我提过很多次这位表姐的名字,但是我的确想不起来。被困至今,她的健康倒是没有任何问题,生活确实不方便不过还都能应付,只是她之所以找我,当然需要我帮她一个忙。

"你可能也听说了,我的生意在前年有了挺大的问题,不过后来好多了,我很努力,一直在维持,官司现在已经解决了,原本我们马上就能开始卖房子,就有了回笼的资金。可是我又被疫情困在了这儿。老家那边就剩下三五个特别好的员工还一直跟着我们撑,原本只需要到三月我就可以把拖欠他们的工资付给他们,现在疫情来了,他们关在家里什么也做不了,所以大熊,拜托了,帮我个忙,我只需要十万块,我自己一分都不会要,全是分给他们几个人的,再过最多三个月,我们之前被法院冻结的账户就解封了,到那时候我一定第一时间还给你。"

我在阅读这段很长但漏洞百出的话,然后脑子里会不停地蹦出来老杨气急败坏的脸:"熊漠北我可告诉你啊,你不准理她你千万别再犯傻……"我翻出来她的微信名片,她的微信号是由几个字母加一串数字组成的,那串数字看起来像是一个手机号码。我试着拨过去，居然接通了。

"喂？"电话那头她的声音听起来依然如旧。

"岳榕，好多年不见……"我迟疑地开口，"我刚刚在开会，你发了那么多条我都没顾得上看，我想着我得打个电话给你，所以到底发生了什么，我怎么什么都没听说……"

当一个人书面写下来什么，和让她重新口述一遍发生过什么——这其间的差别，有可能非常大。这是十几年前，训练我的第一个经理教我的事情，如今已变成我的本能。我静静地听她说，她基本上把微信发我的信息重新讲述了一遍，加了很多需要的细节与形容词，我原本在想，等她全部讲完，我该说什么，但是一阵非常清晰而且无法忽略的背景声音突然打断了她的说话声。

"乘坐MU××××的航班前往南京的旅客，我们抱歉地通知您，您乘坐的航班登机口已经变更为……"

我们同时保持沉默。我一时不知道该说什么，我想她也不知道。

她当然不在武汉，武汉已经没有任何航班。

"……大熊,"我听得出来她有些慌乱地笑了,"你刚才说什么……我这边,我这边……信号不太好。"

她问我想不想去吃东坡饼的时候,也是这样,仓促地一笑。

"没有,是我这边,"我不能相信我一时情急居然说出这么蠢的话,"我现在在机场,可能信号有点问题,这样,我了解了,我先挂了电话跟你微信说。"

"你……哦,"她像是在叹气,"那你现在坐飞机,要当心,好好戴口罩。"

我们居然就这样齐心合力地装作是我要上飞机了,毕竟也是做过夫妻的人。

我用微信转了五万给她,顺便跟她说:"目前我只有这么多,不过你不用急着还我。"

"谢谢。大熊。真的谢谢你了。"

然后她似乎觉得她不能就这样拿了钱就消失,于是她又问了一句:"这么多年没有联络,你应该已经有孩子了吧?"

我想都没想就回复她:"有的,是女儿,四岁半。"

接着我打开了相册,我挑了一张成蜂蜜的背影的照片。我仔细地看了一下,那是在朝阳公园里拍的,没有什么特别的标志,最醒目的就是她的圆脑袋上两只傲慢的冲天辫。而且蜂蜜背着的那个小书包,不是幼儿园统一发的那个,也就是说,并没有泄露任何她在哪里上学的信息。

照片发过去以后,她沉默了两三分钟,然后回了我一条:"你的孩子都这么大了,我们能不老吗?"

我跟她说:"你多保重。"

说完,我就删除了她。

然后我继续出去兜风。最近这几天街上的车已经稍稍多了一点,不过我已经比较轻车熟路,大概知道走哪条路能通向比较荒凉的地方。但是等我回过神来的时候,发现自己马上就要到通州了。

老杨说:"一切都不是没有缘由,一个人变得撒谎成性一点脸都不要,有时候只需要两三个星期……"不对,不是那么回事,我知道岳榕在骗我,我知道她根本没在武汉,我也不相信那笔钱是为了给员工发工资的,她早就不可能还有什么员工了，但是即使如此，在谎言戳穿的那刻，我也依然不愿相信她是真的不择手段，她不过是艰难罢了，一个人如果慌不择路她就只能撒谎——

她把啤酒瓶放下，转过脸来看着我，牛仔裤的膝盖处破了洞，年轻真是好，只有在年轻的时候，一个人的落魄才有可能是美好的。岳榕，你知不知道，你其实已经没有那么年轻？

我踩了刹车，缓慢减速，停在路边。我看见了一个巨大的停车场，但是这个停车场已经被废弃的共享单车完全填满。粗粗看过去，还以为空气中砸下来一个形状规矩，但是由废铁组成的立方体。我从车里走出来，慢慢地靠近它，也许立方体的视觉效果，跟周遭被铁丝网牢牢地围着有关。在这个共享单车的集体墓穴里，大多数自行车是黄色，或者蓝色，其间夹杂着少部分青绿色。得承认作为一个垃圾场，它的配色还是不错的。有的单车没有轮子，有的没有车把，有的车把和车身已经变成了九十度，有的居然是弯曲的，而且弯曲得像是动画片里的那种变形，我不知道在现实生活中，一个人需要对一辆自行车做出什么，才能达到这样的效果。成千上万辆残缺的自行车，当它们被堆积在一起，我就会有一种错觉，它们只不过是沉默着而已，其实它们有能力表达，至少此刻，它们就是在沉默地表达着。

它们会被当成是废铁回炉吗？还是作为垃圾处理？此刻它们落满尘埃地躺在这个坟场，它们是死者，还是谁的殉葬品吗？单车与单车的缝隙之间，居然长出了狗尾草。如果就这样放着不管，一百年后，它们会和我们一样，化为尘土吗？一百年后的人们，会去分辨我们的骸骨，与它们的骸骨，为何被堆放在同一片废墟里吗？

黄昏已至，而我还在呼吸。

"大熊，你可不可以，和我结婚？"她的头发微卷，垂在脸颊和脖子之间，她的眼睛里璀璨得像是白天时候的洱海。她对我笑了，嘴唇柔软而鲜嫩，似乎再等几个小时就会自动在夜色里生出露珠。是的，我是一个无力抵挡的傻小子，我可以用无知、冲动、浪漫来解释我和她之间发生的莫名其妙的事情，但其实说穿了就只有一句话而已，即使是那个无力抵挡的傻小子，也明白一件事，那一瞬间我愿意为她死，但我绝无可能和她共度余生。

每个人都有价格，即使是那样美好的，只能属于青春的瞬间，也有价格，你不要装作不相信这个。

我允许自己再被她骗一次，只不过我要还价，打个对折。就像我当初接受了去真的结婚，但是只愿意维持很短的期限……没有本质区别。所有的一切终将堕落，所有的——年轻、狂热、恋情、闪闪发亮的眼睛，甚至包括，童年时候的黄昏。

我的手机上响起了视频通话的提示音，居然是苏阿姨邀请我视频通话——难为苏阿姨，居然还没有删除我的微信。然后，是成蜂蜜的脸出现在屏幕上。

"大熊——大熊——"起初她的声音断断续续的，"是我呀大熊……"

我的声音因为慌乱和惊喜，都有了很不争气的颤抖："蜂蜜，我听得见，蜂蜜是你呀，你回北京了吗……哦，我是说，你回家了吗？还是……"

"姥姥家有大海！"蜂蜜骄傲地宣布，"大熊，今天大海的声音不一样，特别好听——我给你听听看……"

屏幕上，她的苹果脸消失了，摄像头呈现出一个奇怪的角度，我其实什么也听不清，硬要说有什么声音的话，是一串杂音，就像是信号出了故障。

苹果脸又回来了："大熊你听见了吧？是不是很好听……"

就在这时我听见了一阵长风的呼啸，也许今天的海边，不过是风大而已，但是我明白了，像这样的长风，会让海面的波涛声有些许的不同。

"好听。太好听了。谢谢蜂蜜，这种时候，你还想着大熊。"

"好听得我都下雪啦……"屏幕上她的脸只剩下了一半，她在奋力地试图给我看她的手臂，很遗憾，我看不出来下雪的证据，只是觉得有日子没见，好像她的小胳膊又粗了一点。

"原来又下雪了，蜂蜜……"我想跟她说，大熊很想你。但是我还没说出口，屏幕上出现了苏阿姨的脸，苏阿姨刚才也许在四处找自己的手机，总算找到了。屏幕上此时只看得到白色的墙壁，然后通话结束。

我今天才知道，原来我和蜂蜜之间，真的有一些共同的地方。在我想起八岁那年独自在操场上等待月见草开花的事情，我认为这种事我只能告诉她；当她觉得今天海浪的声音格外好听的时候，她也想到了要和我分享，就让我自作多情一回吧——也许我是第一个跟她分享这件事的人。现在我总算相信了——熊漠北和成蜂蜜真的是朋友，只不过，我已经失去了她。

不要紧，不要紧，我还有酒。到第三杯，就不用加冰了。

我回去车里，在通讯录里找到了"阿羌"。我问他："你们现在还能营业吗？"他回复："不开门，客人太少了。不过如果你想来，我其实一直在店里。"

我又一次地成了VIP客人。店门紧闭，阿羌费力地推开防盗门的铁闸，迎我进来。"你看今天这样行吗——我先给你调两杯你没喝过的，这是我们本来准备三月推出的新品，正好给你尝尝——虽然就算三月推了新品也不一定有多少人来喝……尝完了，咱们再拿好的存货。"

"都听你的。"我顺势坐在空荡荡的吧台前面。

"你家小朋友还好吧?听说幼儿园学校都不开学了……"

我笑笑,不置可否。

阿羌眉飞色舞地给我解释这款他新创造的鸡尾酒由什么什么,和什么组成,为什么要设定这样的比例,用什么东西可以提升口感……他说得很兴奋,反正我也没有仔细听。一口气喝掉了一半,认真地看着阿羌:"很好。"

他满脸诧异:"能不能说得具体点?好在哪儿?"

"你再给我来一杯,我多喝几口,就说得清好在哪儿了。"

我说这句话的时候,眼睛已经没有在看他,我盯着面前的这个杯子,还有杯子里面的那颗青梅,透过杯子里残存的酒,我的手机扭曲成一种奇怪的形状。我最终还是隔着杯子,开始输入号码。

阿羌把酒杯从我面前拿走了,手机屏幕骤然无比清晰。我知道我刚刚按下的是崔莲一的电话,不需要翻通讯录,我背得出来。

她很快就接听了。

"喂？大熊？"她的声音甚至是愉快的。

"你在北京，对吧？"

"嗯，剧组暂时停工，什么时候再开工谁也说不好，我都回来快两周了，是不是杨嫂告诉你的？"

"我在阿羌这里，他今天不营业，不过他也想有人来试试他的春季新品……（笨蛋为什么要说这个）你要是有空，可以过来吗？这儿只有我们俩。"——酒精终于抹完了，现在就剩下等着那一针扎进来。

"可是……"

我屏住呼吸。来吧，痛快点。

"可是我——我没想到这么巧。我已经在你家门口了，你们小区的保安还登记了我的身份证号……"

"那你等我，我这就回去。"我感觉到了阿羌抬起头，看我的眼神带着怨气。

"熊漠北，你为什么不关门——"她一声惊呼，"我试着推了一下门就真的开了，你怎么……你到底喝了多少酒啊？架子下面全是空瓶子，你喝死算了……"

原来刚刚我一时慌乱,按了免提,于是阿羌必须非常努力才能摁住自己脸上的坏笑。

"屋子这么乱,也不知道开窗通一下风,你是怎么活过来的——你这样让别人怎么敢和你结婚啊?"

我非常不切题地说了一句:"……我现在就——我回去以后马上清理……"

"算了。"她长长地舒了一口气,"我到阿羌那儿去。这个屋子太乱了我待着也觉得难受。"

二十分钟以后她就出现在了门口,她左右张望了一下,似乎是需要下个决心,才允许自己朝我看过来。她的眼睛已经笑了,尽管过了片刻她才想起来急急地拿掉口罩。我早已站起身,我在想我们是不是应该维持一下虚假的社交礼仪,我应该为她把身边这把椅子拉开,然后第一句话需要问什么呢,我……

我一把抱紧了她。

就像很多年前一样。就像我还年轻得来不及犯任何错误一样。

我在她耳边说:"伦敦暂时不去了,要推迟。"

她说:"我早就知道了。我等着你来告诉我,可是你一直不来。"

"我——因为,那个并不是我自己的决定,我不知道该怎么跟你说,我觉得你会介意……"

她仰起脸,眼里有泪,她歪着脑袋皱了一下眉毛,那时候的表情完全是一个大号版的成蜂蜜。她说:"我有很重要的事情要说。"

她坐到吧台边上,从她那个大号随身包里拿出一个透明的文件夹,"幼儿园停课了,老师前几天把每个小朋友一学期的画和手工作业订成册子寄了回来——"她急急地翻着,终于手指停了下来,正好是那幅名叫"我的家"的画。

"哦,这个我见过……"见她眼睛里掠过一丝疑惑,我补充道,"你忘了,从幼儿园接她去医院那天,这个就贴在走廊的墙上。"

"那你怎么不早说呢!你看不出来她画的是你吗?这只熊,就是你啊……"

"我——该怎么说？"

她难以置信地深呼吸："还问怎么说？苏阿姨刚刚也跟我讲了，她今天是不是趁苏阿姨做饭的时候，给你打视频电话了……熊漠北，你怎么不懂呢？蜂蜜她爱你，她可能是不会表达，但是如果她真的想念你，我怎么也不能——我不能对她做这种事……你为什么就不明白呢……"她倔强地看着我，眼眶里全是眼泪。

"那你想念我吗？"我问她。

她惊愕地看着我。

"我不愿意——我不想你重新回来和我在一起只是，只是……为了孩子。"

"熊漠北你真的是个笨蛋。"

"我是。"我看着她的眼睛，"我不小心看到的，就那天——你把手机落在车里的那天——我看到了，蜂蜜她爸爸发信息给你说，他想你，我不是故意偷看的。"

"好像有这么回事，但是那又怎么样呢？随便那么一说而已，我装听不见，也就过去了。他现在的生活过得很好，无论怎么想念我和蜂蜜，怎么怀念过去，也没耽误他高高兴兴地娶新娘子——人生不就是这样的吗？"

"那为什么我的前任们都是走就走了，头也不回，只有缺钱的时候才想得起来我？"

笑容在她眼睛深处醉人地绽放着："这个——可能你得反省一下自己。"她伸出手，像曾经那样，轻轻摸了摸我的脸，"上个月底——"她偷眼看了一下吧台后面，虽然阿羌已不知去向，她还是压低了声音，把嘴唇凑近我的脸，"我的姨妈晚了一周还没来。"

我惊愕地看着她，她笑着冲我点了点头："嗯，没错，就是那天晚上以后。"

她像是如释重负，放开我，轻盈地坐在那张我面前的椅子上："然后我就在想，也不知道分开这几个月，大熊身边有没有新的女朋友。"

"太看得起我了……"我知道这句话很蠢，但是依然脱口而出。

"那天晚上我翻来覆去睡不着，打算天亮了就去楼下药店买验孕棒。然后天快亮的时候我就突然想,熊漠北必须是我的,如果他一定要去伦敦,那么怎么度过两年分居的日子只能各自退一步然后商量,可是他只能是我的,我管他有没有新的女朋友,即使有,也肯定是个误会。"

阿羌把两杯新调好的酒放在我们的座位前面。她想都没想便拿起来喝了一口,满脸惊喜,眼光四处寻找着阿羌想要表达赞美。

"喂,你——你那个……"我一时间舌头打结。

她巧笑嫣然地说:"哦,我那天想好了你必须是我的以后,姨妈就自动来了。"

她举起杯子,冲着我空置在那里的酒杯,自己轻轻地碰了一下。

那晚后来的事情,我的记忆有点不连贯了,她说我很快就醉了,但是我觉得怎么可能。我记得阿羌还是慷慨地拿出了他的私藏好货,我还记得崔莲一说她不能多喝因为明天她还要去机场接蜂蜜回来。她说是她自己拿出来了那个戒指,她说杨嫂说得对,就还是它吧,很好的——那天离开医院的时候，护士拿酒精消了好几遍毒之后，把它放进了这个保鲜袋里，直到今天依然没人碰过它。阿羌也说是我郑重地把它重新戴在崔莲一的中指上，只有阿羌一个观众在旁边热烈鼓掌，可这个画面我真的一点印象都没有了。

但我记得我在吻她，她的嘴唇上有薄荷的香气。

阿羌的店在那一年的年底还是关门了，不过他非常坚定地跟我说，疫情之后惨淡的时光里，是那个晚上让他觉得，无论有没有赚到钱，开这家店，都是一件高兴的事。

我是在自己的床上醒来的，漫长的睡眠之后，第二天下午两点多钟，被电话铃声吵醒。满室的阳光在一瞬间提醒了我，虽然头痛欲裂，可我现在的确是一个幸福的人了。

崔莲一的声音充满了焦灼："我上午才把蜂蜜接回来，她刚刚就突然发高烧了，现在去医院必须要做核酸的对吧？那我爸妈是不是也会被他们的社区要求隔离？"

"你先别慌，我觉得不至于的。核酸肯定要做的，这个季节感冒人其实也非常多……"我坐了起来，"这样，你等我二十分钟，我来接你们，我们俩带蜂蜜去医院，让苏阿姨待在家里以防我们需要她准备什么东西……"

这句话被蜂蜜的哭声打断了,也许是崔莲一的手机音量不小心调得过大,总之蜂蜜一边哭一边恐慌地宣布:"我不去医院,我不去医院……"

"蜂蜜,你听大熊说,"我也急切地抬高了声音,"你不要怕,大熊会开着那辆有翅膀的车带你去医院,是那辆有翅膀的车你还记得吗……"

完全无效,她的哭声更加焦灼:"我不去医院,大熊坏,不喜欢大熊,不喜欢……"

我就这样莫名其妙地重新成了坏人,但是最重要的是,对蜂蜜来说,大熊自然而然地遵守了诺言,出差回来了。

自从我知道我短时间里去不了伦敦之后,我就做了一件事,把我原来的车开去二手市场卖掉了,然后咬咬牙,把那辆有翅膀的车开回了家。我一直没有想好要怎么告诉崔莲一,但是也许,我从那个时候起,就模糊地相信着,我总还是有机会把它开到蜂蜜面前,看着蜂蜜惊喜的小脸闪闪发光。

可我想象中的画面并没有发生。因为昨晚是阿羌把我塞进了一辆出租车送回家的,而我那辆骄傲的 Model X,此刻正寂寞地待在阿羌他们那栋楼的地库里。

十四

转眼到了五月底,口罩、消毒液、健康码,已经成了生活里最自然的组成部分。我的伦敦驻派先是被通知延期,后来有过一段短暂的时间,要我跟伦敦办公室的同事一起居家办公,我的工作时间变成了从下午到凌晨,后来应该是大家都觉得这实在是过于荒诞了,于是派驻被正式撤销,当我在初夏的时候重新出现在办公室里,大家都有点尴尬,不知道该对我表示祝贺还是同情。

一直没有听崔莲一说起她的停工的剧组什么时候复工,我也就不问了。近半年来她倒是有很多时间待在家里。因为要缩减预算,她非常看重的一个项目被公司砍掉——她已经与原作者相谈甚欢,说服了原作者,以最初开价的六成卖出自己的小说的版权，但是现在，就连这六成，公司也不想付了。雪上加霜的是四五月间，之前那位半途上吊的兄弟——他生前写的最后一部戏总算是播出了。按道理讲，疫情之下，会有很多人在家看电视，可是播出数据却不是很好，因为看的人少，所以无论是夸还是骂的人好像都不太有声势。几乎有十天的时间，崔莲一的脸色都很难看，她甚至心灰意冷地低声说："早知道这样，我就去伦敦，我还较什么劲？"我试图在一旁说几句让她高兴的话，比如我说不管怎么说吧这个剧你们卖出去了，反正也没让你的老板赔钱，这才是最重要的——结果被她懒洋洋地翻了个白眼："你就知道算账。"

我们身边，唯一一个肯捧场——把那个电视剧从头到尾追完的，就是杨嫂。当然公允地讲，除了仗义，自从她爸爸安然出院之后，她也实在是没事做。老杨的壮举已经成为所有人的谈资，就连一些没那么熟的人之间都在奔走相告：二月的时候，是杨嫂和老杨一起做出的决定，老杨带着孩子们多在马德里待一段时间，反正学校已经改上网课了——但是一入三月，欧洲的疫情一天天加重，回国的机票被炒到了不可思议的价格——且买不到。在马德里的民宿里,老杨认识了一对同样来自内地的小情侣,用老杨自己的话说,他跟其中那个小伙子一见如故相逢恨晚的原因,是因为他特别像十五年前的我。总之,这个离谱的年轻人为老杨提了个建议,反正马德里已经不是安全的地方,而中国护照如果去厄瓜多尔是免签的,原则上入境就能拿到至少三个月的停留许可,病毒总不至于攻陷遥远的南美洲吧,只要在一个没有病毒的地方,买回国的机票就总是容易一些。老杨觉得这很合理,于是老夫聊发少年狂,左牵小饱,右擎小眠,跟着一对比他年轻二十岁的小情侣,顺利抵达厄瓜多尔,然后就没有然后了,几天的时间,厄瓜多尔出现病例,也宣布暂停出入境旅行。他们只能在民宿里继续等待航班的消息。

杨嫂是在他们已经入境南美之后,才得知这趟疯狂之旅的。那晚正好我和崔莲一都坐在她家等着火锅煮沸。杨嫂放下电话,冷静地告诉我们:"既然这样,那我打算离婚。他们三个我谁都不要了,随他们自生自灭去吧。"我和崔莲一面面相觑,莲一可能是拿不准该怎么劝她,我则是在想她说的很有可能真会发生。

　　老杨果然可怜巴巴地把视频通话打给了我,我心领神会,将音量调大,老杨身后的背景也看不出什么截然不同的异域风情,阳光倒是委实灿烂,满屋子都回荡着老杨心虚的声音:"老婆你慢慢听我说啊,我这不是也想快点回家才出此下策嘛,可是人算他就是不如天算,而且,这边的民宿和物价都比马德里便宜啊,你猜猜我跟民宿老板娘谈好的,按月租收钱,一个月才多少?你根本想不到,老婆你看看啊,这么大的客厅……"

　　杨嫂最终还是起身,拿着我的电话进了另一个房间。一片安静,我和莲一空对着已经在翻腾细小浪花的火锅。"不然咱俩开始吃吧。"我低声对她说,"估计得吵一会儿呢。"莲一咬了咬嘴唇,筷子掠过那盘肥牛,终究还是只往锅里丢了几片青菜。好像只要没有自行涮肉,就不算先开动一样。

　　"你们都看见了!"

　　在我和莲一暗暗商量着再丢几个蘑菇进去的时候,杨嫂终于怒冲冲地走了回来:"你们都看见了!婚姻就是这样的,你们俩真的想好了还要结婚吗?"然后她就坐下来一鼓作气倒了半盘羔羊肉进去,活泼热烈的火锅暂时归于沉寂,她猝不及防地就转换了话题,好像她跟着火锅一起安静了下来:"对了,莲一,你房东要你什么时候搬走?"

"年底。"崔莲一把先调好的那一小碟酱料放在我面前,再去调她自己的。

杨嫂使用眼睛里残存的一点怨气狠狠瞪了我一眼,那意思是你有点数珍惜你的福气,我懂。随后杨嫂转向莲一道:"他怎么这么不讲理,年初的时候跟你收全年的房租,现在又——也就是你太好说话了,这种事就应该换我去交涉。"

"年初的时候他不是说生意需要周转嘛,而且他收一年的房租也打了折的,我就想着就这样吧——"莲一扬起眉毛,"没想到他儿子要从国外回来结婚了,他倒是没骗我,确实算是突发状况。"

"我那边就是要扔很多东西,把地方腾出来。"我非常知趣地替杨嫂续上她的大麦茶,"年底之前她们搬过来没有任何问题,可能麻烦的是蜂蜜需要点时间来适应新环境。"

"大熊你就快点努力奋斗吧,你那个房子无非就是勉强够用,长久住下去不说别的,多委屈我们蜂蜜啊……"

"也够了。"莲一急急地打断了杨嫂,"其实跟现在一样,把那张上下床放在蜂蜜和苏阿姨的房间里,就是客厅比我们原来的家要小。但是几百米之外就有一个很不错的小学……"

"真的吗?"换我错愕地盯着崔莲一看。

"虽然蜂蜜明年到哪儿去上学还没决定——可是住在这里,能多一个选择,总是好的。最近的大环境我看也不怎么好,"莲一笑笑,"以节流为主,撑过这几年再说。而且杨嫂,"莲一再度环顾了一下四周,"你在这个房子里住惯了,自然看哪里都不顺眼,其实还好了。"

"你听见没有!"杨嫂再度愤怒地盯着我,"你看看你是什么运气,你到底凭什么……你就不能懂点事,你媳妇儿什么都在替你打算你还非要去买那辆破车。欸,不对,"杨嫂嫌弃地看了我一眼,像是突然想起了什么,"他没有北京户口呃,就算那个房子是他的,要想上学的话,你得咨询一下律师怎么才能把蜂蜜的户口迁过去……"

我在一旁努力地吃肉,顺便感叹杨嫂是如何做到在怨怒迦梨与知心姐姐之间顺畅切换的。这时又有视频通话的提示音响起,屏幕上出现的是小饱和小眠。当他们并肩出现在糟糕的苹果摄像头后面的时候,我确实分不出来谁是谁。只是杨嫂的眉毛和嘴角瞬间就融化了,你看她此刻的神情才会明白,"冰释前嫌"这个词的重点,不在"前嫌",而在"冰释"。那个突如其来的笑容让她的脸都小了一圈,就像啤酒杯里泡了几分钟的冰块。

"妈妈——"

"妈妈!"——不看屏幕的话,的确是同一个声音叫了两遍"妈妈"。

"邻居请我们来BBQParty……"

"笨蛋那不是Party那是Fiesta!"——这个负责纠正的声音清晰地说了一个西班牙文单词。

老杨的声音在这两个热烈争论的声音之间见缝插针:"你不知道这儿的邻居们有多热情,老板娘的表弟住隔壁,今天开烤肉趴把我们都叫来了,还有个老师会说英语,跟我说如果愿意下星期就可以把小饱和小眠送到他们学校去，反正都是网课，学校是按月收费的一个月才100美金……"

杨嫂一边笑，一边努力地继续气急败坏："你死了不要紧，你得记得给孩子们戴上口罩！"

后来双胞胎真的给我们表演过几次西班牙语，只不过那都是后话。

双方父母的初次见面，已经是盛夏了。老熊先生坚持说要让蜂蜜也一起来，最终选定的地方依然是那家我们去过很多次的餐厅。那天我们比约定时间提前了十几分钟到达，不知为何，我就是觉得我还是去门口等一下他们比较好。果然，我还没有走到餐厅的入口处，就听见了熟悉的哭声。

崔莲一应该是还在停车，成蜂蜜在苏阿姨的手上奋力地挣扎："我要先看鱼，要去看鱼，妈妈说了可以……"崔上校与崔太在一边急得只好跟她比音量，崔上校的声音轻松胜出："是，妈妈说了可以，可是这不是因为塞车咱们迟到了嘛，姥爷在家是怎么跟你说的？今天的客人特别重要对不对……"崔莲一总算出现了，车钥匙还在她手上："怎么了蜂蜜,发生什么……"

"你还说,全都是让你给惯的。"崔上校终究舍不得冲蜂蜜发火,但总算可以转头向崔莲一发泄了,"越是着急的时候,越跟她说不通道理。"

崔莲一其实还没弄明白怎么回事,已经熟练地把脖子一梗,眼神直直地迎着崔上校的两道花白的剑眉。已经不是第一次了,她和崔上校杠起来的时候,我就能看到少女时候的她。崔莲一说:"你有什么必要这么小题大做的?"

"好了莲一。"我从苏阿姨手上接过蜂蜜,"这样,你带大家进去,你们先点菜。我带着蜂蜜去看鱼,我们一会儿就回来了。"

从我第一次见到崔上校,就觉得他看人的眼神总有一种说不出的压迫感。很有力量,像是在毋庸置疑地告诉你你必须想想你这个人为何这么糟糕。我在一刹那间明白了为什么崔莲一会这么叫他,我相信他嘴上不说,其实非常喜欢"崔上校"这个称呼。他用力地看着我,六十多岁的人了,依然身型挺拔,声如洪钟,他脸上浮起一阵近乎害羞的歉意:"这个不合适……"我说:"没事的叔叔,经常都是我带着她看鱼的,我们马上就回来了。"

远远地看见鱼缸,蜂蜜就已经安静了下来,小小的手掌轻轻地印在了鱼缸的表面,有一条色彩斑斓的鱼直直地对着她的掌心游了过来。蜂蜜抽了抽鼻子,转过脸看着我:"我想带着小叶子,他们都说不行。"她的儿童口罩上印着一群小兔子,半张脸被遮挡住以后,显得眼睛格外大。

"这家餐厅不让小叶子进来。"我在蜂蜜的头顶上拿手掌按了两下,她非常配合我,脖子往回缩一缩,"大熊听明白了,你们今天是一起从姥姥家来的。蜂蜜其实是有点害怕,因为大家都跟蜂蜜说今天很重要,蜂蜜要听话,可是又没人告诉你为什么,所以蜂蜜才想带着小叶子一起来,才一定要先看看鱼,对吗?"——让崔上校理解这个过程,确实是有些强人所难了。

她认真地看着我,然后轻轻点点头。她今天的辫子是被苏阿姨精心设计过的,编得很复杂,再加上她穿了这条深蓝色的水手裙,娃娃鞋,即使依然是四头身,看起来也非常像是一个人类的模样了。那种熟悉的心酸又从很深的地方涌上来，我明白崔上校为何满眼歉意地看着我，他认为我的父母可以接受蜂蜜是值得他感激的事情，所以他今天不应该来得比他们晚，导致他来晚的原因绝对不可以是蜂蜜要看鱼。

凭什么呢？蜂蜜从有记忆起，每次来这里吃饭，都是要先看鱼再洗手的。那今天为什么不行，就因为今天要见的人是我父母？就因为你很高兴蜂蜜的妈妈会嫁给我吗？这些乱七八糟的无聊事情就要打扰蜂蜜看鱼？这个不能忍，绝对不能。

崔莲一跟我说过，当崔上校知道她执意要把蜂蜜生下来，却执意不肯和成机长复合的时候，用力地站了起来，指头戳着崔莲一的额头，气沉丹田，一个字一个字地往外蹦："我只恨你不是个儿子，你明白为什么吗？因为如果你是个男孩子，我就可以狠狠地揍你了，我本来应该从你小的时候开始揍你，可是我不能这么做！我不能打女人，我恨我自己，你明白吗？"

崔莲一仰起脸和他对着吼："算了吧！你要真的生的是

个儿子,他要么早就离开家再也不想回来,要么就只能是个废物,没有第三种可能。"

崔莲一是在某个微醺的时刻告诉我这些的。我跟她说:"可是你猜怎么样,我还是能看得出来,崔上校他很爱你。"崔莲一笑了:"麻烦就麻烦在这儿——我也知道啊。"

蜂蜜的手指跟随着鱼的轨迹,在鱼缸的玻璃表面上滑行,我想她确实有事情需要和这几条鱼交流,但我也有一些事情得跟她说。

"蜂蜜,大熊得和你商量一件事情。"我看着她专注的侧影。

"商量吧。"她不回头看我。

"等会儿咱们进去,包间里面有一对你不认识的爷爷奶奶,他们是我的爸爸妈妈,所以,跟他们在一起的时候,你只要记得,别打我就行了,可以不?"

"可是我从来都没有打过你啊。"她直直地看着我,满脸无辜。

"这个——"我得想想该怎么说,"好吧,你看,我爸爸妈妈来了，他们要是看到大熊被你打，万一去幼儿园去告诉你们老师，你说这可怎么办？"

"哦，说得也是。"她似乎意识到了这是个问题，"那好吧。姥姥跟我说的，你和妈妈会给我生个弟弟或者妹妹。"

"我们能不能回头再讨论这件事？"我说——崔太还真是想得挺远，"暂时嘛，肯定不会的。即使有，也是蜂蜜上学以后的事了。"

"那我的弟弟妹妹要叫你爸爸？"

"这个是真的。"

"弟弟妹妹不能管我爸爸叫爸爸？"

"确实不行。"

"那就是说，妈妈是我的妈妈，也是弟弟妹妹的妈妈，而然呢，你是他爸爸不是我爸爸……"

"是然而，蜂蜜，不是而然。"——她最近听说了"然而"这个词，很喜欢使用，可是不幸总是用错。

"你不准笑我！"她的五官尽力地想弄出一个狰狞的表情，但是却像是在做鬼脸，小拳头已经准备好了，想到刚刚的约定，又把拳头放下来了。

看到她如此讲究君子之约，我的心就软了："那好吧，趁现在我们还没进去，你可以打我一下。"

我抱着她离开了鱼缸，往我们的包间走。其实我的心脏也跳得很重，蜂蜜依然在纠结那个问题："妈妈是我和弟弟妹妹的妈妈，可是你是弟弟妹妹的爸爸，不是我爸爸，那你到底是我的什么呢？"

"我是你的大熊。只有你一个人才有大熊，别人都没有。"

她仔细端详着我的眼睛，接受了这个答案："你放我下来吧，我要自己走进去。"

包间里，不出我所料，一片祥和的气氛，崔上校在给我爸讲198× 年他们什么型号的轰炸机送去沈飞修理的事，我妈和崔太的寒暄轻松盖过了两个男人。我妈在说："我听大熊说过，您是舞蹈老师。果然就是不一样啊……"

"哎哟，"崔太满面春风，"您这是说哪里的话，都是过去的事儿，现在可是老了。"

"哪有，还是看得出来，您的气质是不一样的。"我妈沉浸于自己的巧言令色，越发显得容光焕发，然后她突然愣了一下，安静了，好像只有老熊先生注意到了她的突兀。蜂蜜的口罩已经摘了，非常大方地走向餐桌边，我妈的眼睛一直牢牢地跟着她的脚步。蜂蜜停在老熊先生和我妈的椅子前面，笑容像是一个非常得体的小淑女，只不过一张嘴，仍旧是奶声奶气："爷爷好，奶奶好。我就是蜂蜜。"逻辑重音放在了"就是"两字上，很好。

我妈原本是站着的，然后瞬间就半蹲了下来，紧紧地握住蜂蜜的小手："啊呀，妹妹，你好呀。你怎么这么漂亮啊。"

崔太脸上浮起一层惊讶。她看得出我妈的热情并不完全是客气。

"妹妹，我是——我是奶奶。"我妈开始有点慌张地站起来，老熊先生不得不急急地扶住她的腰。

"爷爷奶奶有礼物给妹妹，也不知道合不合适……"

在我妈转身的时候，老熊先生不紧不慢地说："先坐下吃饭吧，菜都上了，等会儿我来拿。"

当我入座，崔莲一暗暗地给了我一个眼神，我冲她笑了笑。

曾经,我妈跟我说过很多次,她的那个梦,火车站的站台上空空荡荡的,老熊先生已经上了火车。一片寂静,没有汽笛声,突然有个小女孩跑了出来,像是被某位乘客落在了这里。她惊讶地冲着小女孩伸开了双臂,小女孩站定了,她穿着一条深蓝色的水手裙,好大的眼睛。

所以我跟苏阿姨咨询了尺码,买了一条水手裙给蜂蜜,我跟崔莲一说,跟我爸妈见面那天,一定要让蜂蜜穿上。她有点困惑,不过也没问为什么。直到蜂蜜已经坐进了她的宝宝椅,我妈的眼光依然离不开她。

只有我和我妈知道,"妹妹"到底是谁。

整顿饭吃得异常顺利,看得出一桌菜都是崔莲一点的。照顾到了每个人的口味,崔上校不止一次地赞美这条鱼做得真是不错,崔莲一小声地说,还不是知道你喜欢。

很多年前我妈就有一句名言:"一个会点菜的儿媳妇——总比不会点菜的好。"

之所以把苏阿姨也带来,是为了防备蜂蜜万一半途不耐烦了开始制造噪音，就让苏阿姨带着她去外面玩。没想到蜂蜜非常安静，专心致志地吃成了满脸酱汁。以至于苏阿姨都有点失落，感觉自己没有用武之地。

双方父母都向对方表达了同样的意思，请你们务必担待我这个不成气候的孩子。老熊先生非常懂事地主动聊到了，任何时候，只要我和崔莲一决定了想置换一个大点的房子，他一定会全力支持。

"这个要两家人一起来的。"崔太像是把这句台词准备了很久，"我前段日子就问了莲一这件事，可是她叫我别管——所以看他们的意思吧，等到他们需要的时候，我和莲一爸爸一定也尽着我们的力量跟你们一起来办。"

"大熊也叫我别管，"我妈熟络地接了话，"可是在北京的年轻人有多不容易，我们又不是没数，我们深圳的房价也是很夸张的，所以我们有概念……"我妈总是有种奇妙的担忧，她怕北京人瞧不起深圳，不把深圳当成个大城市——所以只要有机会，不管好事坏事，她都要强调这一点。

"那个，"崔太的脸上泛起一阵红晕，"有件事，我觉得，我一定得现在说,免得以后大家有什么误会。"

老熊先生和我妈不约而同地感知到了某种言语间的严肃,齐齐地放下了筷子。

"那我就有话直说了,我想了好几天,最后我觉得我还是应该跟你们说一声,"莲一困惑地转过了头,崔太脸上的红晕更深,执着地不看莲一,"当年莲一离婚的时候,分到了一些钱,不多,但是我一直替她保管着,我不让她用,因为我觉得,这是留给蜂蜜以后上学用的——所以我担心,如果我不把这件事告诉你们,万一过两年——需要我们一起支持他们俩的小家的时候,你们会觉得我有私心,对我有想法,可能是我杞人忧天了,我——"

我妈笑了:"蜂蜜以后上学受教育的钱,谁都不能动。您千万别想这么多,现在培养一个孩子出来是什么成本!小学还好说,说不好中学以后要读私立或者那个什么双语学校呢?所以,钱真的放在他们年轻人手里,三下两下就糟蹋完了,放在姥姥身边保管着,才是再放心也没有了。"

我妈负责巧言令色,老熊先生负责在旁边频频点头。崔太一脸感动的神情,她把面前的干红举了起来,与老熊先生用力地一碰。老熊先生还在急急地解释:"大熊妈妈最近血糖不是很好,她就不喝了,我来,咱们随意,都随意——"

"你们放心。"沉默许久的崔上校突然放下了杯子,我相信他那种沙威式的眼神让老熊先生不自觉地在想自己究竟是不是冉·阿让,崔上校继续说:"莲一一定会再生一个孩子。"

"爸!"崔莲一惊讶地瞪大了眼睛。

老熊先生愣住了,他应该没有打算今天把这个话题放在桌面上讨论。倒是我妈非常娴熟地接了过来,我妈笑着转向苏阿姨:"苏阿姨,我看您非常稳当,也对蜂蜜这么好。就这么说吧,如果他们真的再有一个宝宝,您愿意继续帮忙把小宝宝带两年么?我知道,带小宝宝的工资要比蜂蜜这样的孩子高,您放心,到那个时候,您的薪水全是爷爷奶奶来付,这样爸爸妈妈的负担就又轻一点了。"

苏阿姨的脸上泛起一阵红晕,用力地点头。

"没错,"老熊先生终于看懂了状况,"姥姥姥爷帮忙照顾蜂蜜已经辛苦好几年了,如果再有弟弟或者妹妹,一定是我们这边给的支持要多一点。"

蜂蜜看起来像是吃饱了,很放松地靠在宝宝椅的靠背上,等着她的甜品,像是在表达——这门亲事朕已经准了,剩下的细节众卿商量着办吧。

我妈明明全程都在喝普洱茶,但看起来像是微醺了一样:"那个时候吧,北北小学毕业那年,我也差点再有第二个孩子。"

我缓缓地抬起了头。

倒是崔太笑了:"那就应该是在90年代中……在我们部队可不行,还是管得很严的。"

"是。"我妈笑笑,"当初,他爸爸已经到深圳了,其实不是不能生,只可惜啊,我知道自己怀孕之前,吃过感冒药,还是抗生素,医生就跟我说了,这可不太好。"

"那是那是,"崔太附和着,"这个不能冒风险。"

"我也觉得,"老熊先生换了一个舒服的坐姿,"既然吃了药,那就算了,而且那个时候北北已经十二岁,她的年纪也不小了,这也是个不稳定因素。"

"父母和孩子的缘分,太复杂了,谁说得清呢?"崔太长叹一声,"不管怎么说,虽然莲一从小就不听话,可她有今天,我还是知足的。"

"可不是嘛。莲一多能干啊。"我妈表示同意,"遗憾不是没有,可我也懂得知足。"

"你看我们这辈人,起起落落,大风大浪……"老熊先生的筷子在空中画了个圈,"大半辈子过来了,有惊无险……"

"那是。"崔上校的笑容里第一次有了种真实的倦意,"总的来说,我们都算是幸福了。"

他们四人不约而同,如释重负地轻轻吐出一口气,脸上挂着幸存者的微笑。

甜品和果盘总算上场,我站起身准备去买单,感觉后背的衣服已经被热汗隐约贴在了皮肤上,总算要结束了,必须狠狠地表扬一下成蜂蜜——然而就在我打算推门的时候,她的声音又无邪地响了起来:

"我爸爸每次带我出来玩,都会给我买杨枝甘露。"

我转身的时候,刚好遇到她坏笑的眼神,偷偷瞄着我。

崔上校又是一脸的尴尬，但是我妈却见怪不怪地说："是嘛！下次你到深圳来，爷爷奶奶开车带你去顺德吃糖水，那儿有最好吃的杨枝甘露，还有双皮奶呢。"

蜂蜜粲然一笑，她说："好。不过，妈妈说，如果大人的车上没有儿童座椅，我就不能上车。"

老熊先生的笑容极为柔软："这是小事，等你来了，我们可以去买呀。"

我想我妈忘了一件事，如果熊妹妹存在，她也不可能穿水手裙了。她已经是个二十六岁的大女孩。也许离二十六岁还差几个月，因为她的生日是在冬天。

十五

是一个清晨,我常去的那家洗车店大门紧闭,还加了一把锁,不知道是不是要关门倒闭的意思。所以我只好跟着导航去找附近的另一家,就这样,被导航带到了一条离我家很近但是我从没来过的街上。我就是在这里看见了那所传说中的小学。我听老杨说过,这些名叫"什么什么胡同小学"的学校,至少都有个七八十年的历史。当然老杨说的话,也不能全信就对了。校门口贴着招生说明会的告示和指示牌,于是我把车停在路边,也走了进去。一层的礼堂里已经有很多家长了,他们聊天的时候嘴里说的那些名词我都听不太懂,也许是"准小学生家长"之间通行的黑话。我耐心地排了一会儿队,然后问那位负责接待的年轻女老师,我们××小区的孩子属于这个学区么,除了这个还有没有别的要求……

女老师问我:"只能说根据今年的划片政策,属于这个学区。明年也许又会变的——孩子的生日是什么时候?"

"2015年,9月7号。"——蜂蜜的生日不多不少,刚好比我早整整一个月。

女老师难以置信地看着我,可能很少见到像我这么无知的大人:"那她明年不能来上学,明年的一年级新生只能是2015年9月1号之前出生的孩子,她刚好不在这个范围里。"

我像是听不懂中文一样,呆立在原地。

女老师倒是态度很好,同情地微笑着:"您后年春天再来咨询吧。"

我知道崔莲一一定会很震惊和沮丧——因为她从来就没考虑过这一个星期的差别意味着什么。不过我自己倒是觉得,从天而降的并不全是噩耗,比如这件事,就非常不错。

那一天,崔莲一正好也起得很早。老杨滞留在厄瓜多尔,可是杨嫂复查的日子到了,所以她得陪着杨嫂去医院。

崔莲一说,那天她们叫了一辆滴滴专车。遇到塞车,足足在路上耗了快一个小时。而杨嫂不知道怎么回事,也许起床气尚未消散,一路上一半的时间都在骂老杨:老杨从年轻时候就是个贪玩不靠谱的人,没想到四十多岁了还这个德行;莲一起初为难地替老杨说了一句话,她说你当初看上老杨,不就是因为他很有趣?然而莲一很快就意识到了,杨嫂其实根本不需要有人和她对话,于是知趣地保持沉默,控诉完贪玩罪状之后,杨嫂接着控诉老杨去年炒股票亏了非常大的一个数字,还企图伙同大熊瞒着她——亏了多少钱我就不说了,你回家去问大熊吧;最后终于放出了大杀器:他其实依赖性特别重,家里什么事情都要靠我决定,我就像是养了三个孩子一样,我的癌症多半也是这么多年心累的结果……话题这就转到了化疗的过程,身体的各种的反应,一次一次等待检查报告的宣判,以及比她更不幸的病友,总之——杨嫂的结论是,女人的一生真的是太难了。

好不容易到了医院,崔莲一总算是松一口气。没想到杨嫂关起车门的那一刻,却也暗暗地来了个深呼吸。她们走到电梯旁边的时候,杨嫂才说:"刚刚那个滴滴司机,他是我初中同学。"

　　看着崔莲一在发呆,杨嫂终于笑了:"他是做旅行社的,我之前听同学群里有人说,他被公司裁员了。你看刚我们上车的时候,他也没有跟我打招呼——所以啊,我得让他知道,其实我过得也不好,特别不好。"

　　既然后年才能上学,原本可以有两年非常珍贵的时光,带蜂蜜四处走走,只是此时此刻,一切都谈不上了。崔莲一想出了一个办法,我们尽量找周末或者我们俩都有空的日子,带蜂蜜出去吃饭,去不了湖南我们至少可以吃湘菜,蜂蜜不知道四川在哪就先去吃一次川菜,粤菜这个庞大的体系先暂时搁置,因为总有一天蜂蜜是要跟着我回去深圳玩几天的,如果疫情稍缓,我们打算暑假带着她去内蒙古自驾一圈,那就先吃一次蒙古包烤肉就当是放预告片……这样有目的地吃一圈,就很容易发现,怎么会有那么多的菜和"苏东坡"有关——或真或假吧,苏东坡被贬黄州的时候有东坡肉,被贬惠州的时候告诉大家荔枝有多美,被贬儋州的时候据说吃过生蚝……这个倒霉的老家伙他究竟被贬过多少次?但是我依然得告诉蜂蜜：大熊最喜欢的一个古时候的人，就是这个名叫苏东坡的倒霉的老家伙。

"苏东坡是中国人？"成蜂蜜问我。

"当然了，苏东坡是所有中国人的骄傲。"我很认真地看着她。

"你也是中国人？"成蜂蜜歪了歪脑袋。

"没错。我也是中国人，我不是所有中国人的骄傲，我只不过是中国人里面——非常一般的那种。"

"那月球人是中国人吗？"她看起来像是要追究到底。

"这个嘛——反正月亮只有一个，全世界每个国家的人用的都是同一个月亮。所以月球人应该也没有国籍。"我稍微想了想，"你们幼儿园是不是教过？明月几时有，把酒问青天？这就是写给月亮的诗，就是苏东坡写的，要说给月亮写诗这件事，咱们中国人真的很厉害。"

"可是Alice就跟我们说过，明月几时有很漂亮，但是她小时候没学过，她也是第一次听说。"——Alice是幼儿园里的英语老师，来自都柏林，会说一点不太流利的中文。

"对啊,因为 Alice 是爱尔兰人,她小时候当然没学过明月几时有。"

"所以嘛,中国人和爱尔兰人,用的肯定不是一个月亮。我是中国人,也是月球人,我是中国月球人。"她得意地扬起了下巴。

我认输了,还是随她去吧——这种事,有时候随着时间推移,自己就懂了。没想到几个月后,她在电视上看到了中国航天员登月的画面。她更加胸有成竹地指着屏幕说:"你看吧,大熊,中国月球人在电视里。"

再后来,我们就去吃法国菜。也是某天很偶然地遇上了一个法国餐馆,就带着蜂蜜进去了。当我们知道法国菜其实也分东南西北的时候,就觉得不如刻意地打卡搜集一下。有一回我们为了让蜂蜜尝尝据说正宗的普罗旺斯炖菜,在一个周五的晚上带着她坐傍晚的航班去了上海——当然了,在疫情经常零星复燃的时候,为了吃一顿饭,带着一个五岁的小孩从北京跑到上海,这种事情不能让我妈或者崔太知道。

这逐渐变成了我们三个人的游戏。

再再后来，蜂蜜吃过了意大利菜，日本菜，泰国菜，中东菜，印度菜——我也是在日坛附近的那家印度小馆里才知道，原来北京有这么多的印度人。我们吃过的所有餐厅里，有几家并没能撑到看见曙光的时刻，就倒闭了——有的时候我也有一点感慨，这跟我小时候，成堆的游客蜂拥跑去深圳看世界之窗能有多大区别呢？可是崔莲一从头到尾都不觉得这件事可笑，"就算哪里都去不了，蜂蜜就不能看世界了吗？我才不信。"

也对，无论怎样也要看世界的，哪怕是粗制滥造的微缩景观，哪怕是荒腔走板的各路口味，有那么一点点关于"世界"的蛛丝马迹都好，也得让蜂蜜知道。

当然，最常吃的，依然还是苏阿姨牌炒饭和炸酱面。

年底，她们终于搬了过来。折腾了好几天，人仰马翻，好不容易收拾停当，发现还是弄丢了蜂蜜的木马——但是奇迹般地，由于她对新环境充满好奇，一时没发现木马不见了。她像只猫那样在屋子里来回逡巡，又发现了一把带着轮子的椅子——这把式样古怪的椅子应该是前一任房东留下来的，我一直丢在那里懒得管,如今变为成蜂蜜的玩具,她把她的几个玩偶堆在上面,开始玩假扮公共汽车司机的游戏,询问几只玩偶分别在哪一站下车。看来我起初的担心是多余的,我担心她会讨厌我这里,她似乎完全没有意识到,这个新家比她原来的家面积要小。

"我记得几年前听一个儿童心理学专家说过,"崔莲一在我耳边低声说,"她说好像是五岁以前的孩子,对体积啊空间啊这些事情的认知,跟我们是不一样的。"

"可是她不是已经满五岁了吗?"我嘴上虽然这么说,但心里其实很庆幸。

一个十二月的周日,我一大早从日坛公园跑步,然后一如既往,很没有出息地打车回来。几天前,崔莲一拿着核酸证明急匆匆地去了机场,拖延了大半年的戏总算要开机了。小区门口有警车停着,当我从出租车上下来的时候,救护车也来了。我往人群的方向走,不远处的那堆人群就像一粒糖块上的蚂蚁,越聚越多,然后有穿制服的物业工作人员来维持秩序了,站在我前面的七八个人自动让出来一条通道,我看到担架抬出来——救护车应该是没什么用了，担架上的那个人已经被装进了一个蓝色的袋子里，从拉链的缝隙中，隐隐地看见一点头发。

人群里，有人说真是可怜，一个三十出头的年轻人；也有人说是他自己太贪心了，一下子加一百倍杠杆，这本来就是作死的节奏；站在离我最近的位置的某人说："这下完蛋了，出了一个跳楼的人，整个小区的房价都得跌。"一个我看着眼熟，穿着房产中介外套的小哥急得涨红了脸："不会的不会的，我了解过了，这个人他是从最顶层的健身房跳下来的，这么说的话连他自己的那个房子都不算是凶宅，您千万不要传播恐慌信息……"

"你这人怎么说话的？我传播什么恐慌信息了？"语气开始有攻击性。

"您别误会我，我们店有快一半的卖房客户都是咱们小区的业主，我们利益是一致的，没有人希望房子贬值，您说对不对呀……"

远处传来一声恐怖的号啕声，那种粗粝和原始的悲怆，让我起初还以为是什么动物。争执的双方都停了下来,齐齐地往那个声音的方向看。我转过身,全速跑进了我那栋楼。我浑身发冷,寒意沿着脊柱,还有两条胳膊的外侧,轻快利索地画出一条光滑的直线。我下雪了,成蜂蜜发明的这句话真的很好用。我认出来了,那个号啕的女人——我在小区的超市里见过她,那天成蜂蜜想要的酸奶只剩下了最后一盒,我的手和她的手同时伸向了冰柜的那一层。然后我打算让给她,可是她看了看蜂蜜,她说,我不能跟小朋友抢。然后她的电话响了,她接起来,先用普通话说,爸,然后换了家乡话——没事,我在超市,方便说话。

我骤然回头的时候,她已经走远了。那是我们那个小城的方言——对,那种年轻的,强行混合了好几个地方的口音和用词,已经在衰败的方言。我不可能听错,即使我已经太多年没有使用过它,它也依然以最准确的形态沉睡在我的意识深处。

我一口气冲回自己的客厅,再冲进成蜂蜜和苏阿姨那间小屋。苏阿姨已经在厨房里准备早餐了,谢天谢地,成蜂蜜还在熟睡。昨晚她是在客厅的地板上睡着的,把她抱进房间的时候没有拆辫子,两只辫子已经蓬乱成了两把毛茸茸的草。但是苹果脸上一片静谧,日光之下发生的事,暂时没有对她构成任何惊扰。她的床头贴着一张幼儿园发的手绘的奖状——就是一个类似奖状的东西吧,上面会在一个小朋友表现最优秀的方面贴上小星星。成蜂蜜小朋友获得小星星最多的是两个方面:画画,以及吃饭。

我转身走出去,独自蜷缩在一片狼藉的沙发上,早餐的香气已经飘出来,我突然很想来一杯——加冰的,但是不行,早上八点就喝,未免太堕落。沙发前面的地板上,是成蜂蜜的玩具厨房。她说要假装制作草莓奶昔,她往她的玩具厨具里倒了水,混合了一些水晶泥,以及,在我和苏阿姨说了几句话的那个空当,她把她妈妈的一支没用过几回的口红齐根掰断,丢进了那碗混合液体里——口红很快化了,所谓草莓奶昔里面的红色,就是这么来的。

我还没有想好要怎么跟崔莲一说这件事。

此刻我突然想起余老师。为什么呢?也许是因为我刚刚目睹了一个陌生人的死。也许因为陌生人的未亡人是我的同乡。

初二那年,我们原本的班主任老师急性胃穿孔,住院开刀,所以余老师只能暂时做了半个学期代理班主任的工作。原来的班主任是数学老师,最喜欢的就是我,余老师教语文——他好像,谁也不喜欢。从没听说过余老师表扬过什么人,绝大部分人的作文分数都差不多,在75—85分之间,极少数人分数更低。那种——某个语文老师在一群少年人中发现一双热爱文学的眼睛从而开始启蒙——我是说,这类故事,在余老师身上,不存在。他上完课就拿起教案走人,从不跟任何人多说一句话。倒是听过其他老师聊天,说他很多业余的时间都用来研究我们那个城市的方言,在某些我也没见过的语言学杂志上发表过论文——好像他还写了一本书,讲计划经济时代我们那个城市方言的诞生与演变——不知道出版了没有。

余老师长什么样子,其实我已经忘了。他不是那种外形上有明显特征的人。不高不矮,比较瘦,一件深蓝色的粗线毛衣总是从十一月穿到次年二月。我觉得，我们整个班的人，都有点怕他——倒不全是因为他不苟言笑，而是他浑身上下都散发着一种很明确的厌倦的气息。一个扔在人堆里就会泯然众人的平庸中年人，却如此明白无误地厌倦着我们，甚至不屑于掩饰。这种讯号会让人不安，也会让一些骄傲的孩子感觉自己被冒犯了——比如十四岁的我。

那应该是一个深秋，每个星期五的下午第二节课，是班主任主持的班会。通常情况下，班会课是一周的结束，周末的开始，班主任需要做的，只是总结一下本周有谁不守纪律，安排下一周怎么打扫卫生，仅此而已。但是那天的余老师不知道怎么了，他空着手走上了讲台，说不用起立了，然后他转过身，完全不理会整间教室泛起来的低低的噪音。他开始在黑板上写字。他的粉笔字也并不像隔壁班那位特级教师那么漂亮。他在黑板上写的，是一些奇怪的东西，一些我们似乎从来没在学校的黑板上见到过的东西。

坐我前面的那个男孩用一种夸张的嗓音念着黑板上的内容："……冰川纪过去了，为什么到处都是冰凌？好望角发现了,为什么死海里千帆相竞……傻×吧,冰川纪过去了不等于就没有冰川了呀……"我们前后几排的人都"哄"的一声笑了,笑声中那个男生愈发得意,继续点评:"好望角在非洲,死海在亚洲,哪儿哪儿都不挨着,你说这是不是傻×……"他是地理课代表,此时此刻,充满了优越感。

我同桌的女生也在吃吃地笑:"我不相信天是蓝的,我不相信雷的回声,我不相信……大熊,"她用胳膊肘戳了戳我,"你说这个人是不是有神经病?"

教室里的噪声越来越放肆了,我也跟着前后左右的人笑,但是我笑得并不那么由衷,不知为何,黑板上这个奇怪的东西,有两句话看得我心里微微一颤:"我来到这个世界上,只带着纸,绳索,和身影。"我觉得这两句没头没脑的话,好像是在说余老师。

余老师看样子是写完了,他转了过来,脸色阴沉,教室里的喧嚣并没有因为他转过来而停止。不知道是谁在用我们那边方言的腔调,夸张地念着:"告诉你吧世界,我不相信——"嘲讽的欢快笑声此起彼伏地响,已经很难再找到源头。随后就是"嘭"的一声巨响,我没来得及反应上来,只觉得那个响动在我眼前炸裂开,同桌女生一声尖叫,我才看到,一只黑板擦已经准确地丢在了我的课桌上。一片粉尘荡漾起来,整间教室顿时静了音。

死寂之中,只听得见余老师的吼声:"熊漠北,你给我站起来。"

我错愕地站了起来。

他继续吼,声若洪钟,不得不说,他有一副与外表一点都不相称的好嗓子:"你说谁是傻×?说啊!谁是傻×?你不是很聪明吗?你不是知道好望角在非洲吗?谁是傻×?你现在怎么老实了……"

"不是我说的……"但我很快就住了口——算了,已经这样了,犯不着再出卖地理课代表,本来就是前后桌,抬头不见低头见的。

"狡辩有意思吗?"他怒吼出来的普通话居然比平时更加字正腔圆,像是在演舞台剧,"抖机灵有意思吗?无知,愚蠢,不可救药!你就站着吧!"

我不知道我究竟哪里不可救药,只是我看出来,他根本不在乎那句"傻×"事实上是什么人说的,总之他非常希望是我说的,就对了。站着就站着,有什么了不起。余老师总算暂时放过我,转向了全班同学:"这一节既然是班会课,可以学习一点课本上没有的东西,比如今天我给大家介绍一下朦胧诗……诗歌呢,不是只有唐诗宋词而已,所谓现代诗……"

独自站在那里有点无聊,余老师到底在说什么一句也听不进去,地理课代表偷偷地从他的位置上扭过头来看我,眼睛里全是可怜巴巴的复杂情绪,我轻轻地冲他眨眨眼睛,表示我很好。

> *卑鄙是卑鄙者的通行证,*
> *高尚是高尚者的墓志铭。*
> *看吧,在那镀金的天空中,*
> *飘满了死者弯曲的倒影……*

余老师的声音突然把我震醒了。他美好而浑厚的音色让全班同学不知如何是好,寂静就这样慢慢地改变了兴致,每一个刚刚还在听他怒骂的人在逐渐欣赏着他的表演。他停顿了几秒钟,然后他的话剧腔调中掺杂了一些悲凉:

> 我来到这个世界上,
>
> 只带着纸、绳索,和身影,
>
> 为了在审判之前,
>
> 宣读那些被判决的声音。

然后他突然又一次停顿:"现在,跟着我一起读,所有人!快点。"

"告诉你吧,世界……"

零零散散的声音迟疑地跟随着他,他突然暴怒了,手背狠狠地在黑板上一砸——真厉害,不用黑板擦,也能徒手砸出这种级别的巨响,他吼道:"没吃饭吗?声音都去哪儿了?

我又不是在审犯人！我要你们朗诵，朗诵懂吗！"

这回所有人的声音终于齐齐地冲口而出：

> 告诉你吧，世界，我——不——相——信，
> 纵使你脚下有一千名挑战者，
> 那就把我算作第一千零一名。
> 我不相信天是蓝的，
> 我不相信雷的回声，
> 我不相信梦是假的，
> 我不相信死无报应……

这个声音的洪流渐入佳境，终于从恐惧中飞翔了出来。余老师像是在听音乐一样，脸庞甚至泛红，他的左手在半空中轻轻地颤动，像是在为这样的朗读打出节拍。我想我开始懂了——那些看起来不知所云的句子，那些听上去好像还很幼稚的质问，那些感觉上像是神经病一样的幻想，在这样庄严的诵读声里，它们开始有意义，它们开始流光溢彩。

新的转机和闪闪星斗,

正在缀满没有遮拦的天空。

那是五千年的象形文字,

那是未来人们凝视的眼睛。

余老师的手在空中一挥,用力地握住了拳头,教室里重归寂静。每个人脸上的神情都柔软了下来。他沉默片刻,问我们:"就算你并不知道每句话的意思是什么,你能不能感觉到,它是美的?审美这件事儿,确实不能强求,要耗太多精神才能理解的美,那就算了吧,但是你至少要懂得尊重!"

他似乎又想起来新仇旧恨,眼神凌厉地盯住我:"你现在知道你做错了吗?那你现在说说,刚刚是不是你说的,这首诗傻×?是不是你说的?"

"是我。"我挺直了脊背。

"还有没有别人?"

"没了。"

"你们这几排,"他用手臂愤怒地划了一下,大概指的是四排课桌的范围,涵盖了大约十六个人吧,"刚刚的声音,就是从你们这四排出来的,如果熊漠北你还不说实话,那这四排的同学,现在每人拿出一张纸,写一个你刚才听见谁说了脏话的人的名字,马上。"

"就是我一个人说的!"我感觉所有的血液都涌到了脸上,我暗暗在底下握拳的手开始变冷,"你不管听见多少句傻×,都是我一个人说的!我不该骂作者,我向作者道歉,可是老师你没必要让别人因为我去做这种事,就是我一个人说的……反正上完这个学期我就要去深圳了,你能把我怎么样?反正高尚是高尚者的墓志铭,你又能把我怎么样?"

最后那两句,本来是我的心理活动,可是我就这样喊了出来。我想我应该是完蛋了,我的女同桌一脸惊讶地转头看着我,手掌按在了自己的嘴上。

余老师没说话,一种不可思议的神情从他脸上滑过去。他甚至在讲台上略微倒退了两步,然后他笑了笑,恢复了他平时那种倦怠的嗓音,他说:"行了,你坐下吧。"

全班同学都没有跟上这个剧情的进展。他继续说:"我刚刚要你们写名字,没别的意思,我是想找出那几个说脏话的同学,你们这个周末的作业就是把这首诗背下来,星期一我检查,现在——不必了。熊漠北,你以为我要干什么?既然你在这个时候,说得出来高尚是高尚者的墓志铭,那就说明,这首诗,你没有白学。坐下吧。现在,所有人,我们再来朗读一次……"

我刚刚坐稳,他就又开始怒吼起来:"我说了再朗读一次,听不懂吗?"

> 卑鄙是卑鄙者的通行证,
>
> 高尚是高尚者的墓志铭……

但是在二十几年后的此刻,我非常想念余老师。我想问问他,高尚是高尚者的墓志铭,那所有的卑鄙者也终有一死,他们的墓碑上,又该刻上什么呢?

我在微信通讯录里,找出了那个地理课代表——我与故乡的朋友和老同学几乎都没联系了,除了他,偶尔互相点赞。我问他:"你能不能把余老师的微信名片推给我?我最近很想问候一下他。"

苏阿姨从厨房探出了身子:"大熊叔叔,早饭好了,你先吃,我去叫蜂蜜起床。"

"要不然,咱们俩先一起吃吧,让她再多睡会儿。"

"也行。"苏阿姨说。

当我坐在餐桌边的时候,地理课代表回复了我:"余老师两个多月以前去世了,肝癌。从确诊到人走,很快,只有四个多月。"

我盯着手机发呆,随后,地理课代表发了几张葬礼的照片给我。遗像上面是余老师老去之后的样子,其实他不老,直到最后也不过五十六岁,只是已经与我的记忆完全扯不上关系。有一个花篮是代表我们班送的:"恩师余香橼千古。954班全体同学敬挽"。

地理课代表还在打字:"上周是余老师的七七,我去家里看了师母。你还记不记得他教我们那首《回答》?师母说,其实并不是每一届学生都上过那节课，只有他比较看重的班级，他才会挑时候讲一讲现代诗。我们那届，是他第一次当班主任，所以……"

所以他喜欢我们，但是没兴趣让我们知道。

我只是想告诉余老师，我在多年后的死亡现场，重逢了一个同乡。我很后悔，那天在超市里，我应该多问一句，她是哪儿的人？我的意思是，她是来自铁路局大院，还是92厂或者重型机械厂的孩子？说不定是我们设计院的孩子呢？——故乡里，没有土生土长的市民，所有的年轻人基本就是这几个来历。余老师比谁都清楚这一点。

我还想告诉余老师，我现在有一个女儿，她就是那首诗里说的未来的人，专注凝视着什么的时候，眼睛就像星星一样澄明。

可是此刻，我不敢叫醒她。

睡吧蜂蜜，安心睡。等他们把外边地上的血迹清洗干净以后，你再醒来。等你醒了，那个妈妈买的一模一样的木马就到货了，它会出现在墙角，一切就像没有发生。

我在心里一遍又一遍地重复这几句话,全神贯注,用力得就像是祷告。

我和崔莲一最终还是办了一场简单的婚礼。

"最终"这个词用在这里,实在是过于轻描淡写。起初,我们打算在2021年的夏天举办。崔上校和崔太想先回南京办一场,因为他们家的亲戚密友都在那边——老熊先生和我妈觉得,那就索性在南京举行好了,因为我们有限的几位故乡的亲友,到南京来也比去北京近得多。除了老杨和杨嫂,我不打算邀请任何人。为了赶上我的婚礼,老杨带着双胞胎拼死先从厄瓜多尔入境了迈阿密,到了迈阿密才抢到了回国的票。当他终于结束了入境隔离之后,南京突如其来的疫情让这一切泡汤了。崔上校不得不打出去二十几个电话道歉和解释,酒店倒是全额退了款,但是过程极为麻烦。

这样折腾一圈之后,大家一致决定,只办一个最小规模的仪式,不用再大张旗鼓,只请几个人在北京的最亲密的朋友。所以地点定在北京——这样除了我爸妈,其他人都没有进京健康码的问题。这一次的日子定在深秋,只不过在十月的时候，北京的疫情也卷土重来，酒店把我们付过的宴会厅的订金爽快地退给了我们。但是崔莲一找的那个派对公司却诚恳地打来电话，问订金可不可以不退，他们愿意配合着我们，根据新的时间和地点修改方案。我们知道，这两年，他们过得不容易，所以我们也同意了。

新的日子索性定在春节之后，2月26号，已经是春天了，据黄历说，宜嫁娶。如此一来——我的Model X的车贷都已经快要还完了，而我们的婚礼依然没能成功举行。当2月的时候，深圳的疫情又开始严峻，深圳市民进京的手续又变得极为麻烦——我和崔莲一此时已经完全麻木，甚至有一种"早就预料到了"的坦然。

起初我妈还在很积极地向各方咨询着来北京需要的流程，直到2月10号左右，老熊先生正式被疾控中心通知，他属于次密接者，需要隔离。老熊先生并不那么担心自己会被传染上病毒，但是至此，我的父母确定不可能在2月26号赶上婚礼了。派对公司的人说："你们能不能接受这个方案，让新郎的父母亲友用视频直播的方式全程观看你们的婚礼，需要新郎父母致辞的时候,可以事先录好,我们再投屏到婚礼现场的大屏幕上。"

我妈听说这个解决办法的时候,如释重负地表示同意。

派对公司的小伙子认真负责地继续说:"我们婚宴开席的时间,必须是中午十二点之前——因为北京的习俗是这样的,头婚一定要在十二点之前开席……"

崔莲一和我相视一笑。这位小伙子疑惑地看着我们,礼貌地等我们发表意见,于是我赶紧说:"没事,就听您的,中午十二点前开席——其实嘛,我们俩够资格请所有客人吃夜宵了……"

崔莲一一边笑,一边重重地在桌子底下打我一拳——我算是明白了,成蜂蜜每次出拳时候的眼神,以及角度是遗传自什么地方。

她也曾忧心忡忡地问我:"你说,折腾这么多回,会不会是上天在提醒我们,我们俩不应该结婚啊?"

我只好友情提示她:"现在后悔也晚了,法律上,我们已经是夫妻了。"

跟派对公司的人见完面,我们就到幼儿园去接成蜂蜜——按照约定,今天不是"食物探险日",用蜂蜜的话说,今天是普通的一天,也就是说,不用刻意地尝试什么没吃过的菜,随便吃点薯条就好了。

蜂蜜坐在餐桌旁边,像是犹豫自己该不该点那个看起来分量极度结实的牛肉汉堡,然后她突然抬起了头:"大熊,你是做什么工作的?"

我被问得一愣,一时没想好该怎么用她能理解的语言解释。

她的眼神再度严肃了起来:"老师说了,要我们画爸爸或者妈妈的工作。"

我的心脏剧烈地狂跳了几下,脸上却做出一副若无其事的样子:"不然你就画你爸爸的工作嘛,你爸爸的工作比较容易画。"

"我已经画过两次爸爸开飞机了,老师说我下次可以画点别的。"

原来如此——虽然心跳一时还没恢复平静,但是,算我自作多情。

"我想想该怎么说——给你打个比方……"

"谁是比方?"

"我下面要说的话就是比方——比方说,我在这家店坐着待一天,看看所有来吃饭的人大概桌子上都上了什么菜,我就能估计一下他们店里一个月大概收入多少钱……当然这个只是最简单的估计,并不准确……"

崔莲一像是忍无可忍地抬起头:"你讲这些她是不可能理解的……"

"我没说完啊——怎么能准确知道这家店一年赚多少钱呢……"

苹果脸恼怒地皱了起来,蜂蜜小小的鼻梁上瞬间多出了好几道线:"这个怎么画呢?不能画!画什么呢!"

"那你就画你妈妈拍戏嘛……你把摄像机画出来……"

"熊漠北,"莲一翻了个白眼,"蜂蜜一开始就说了,她想画的是你的工作,你这个人怎么这么不懂事啊。"

"等一下,蜂蜜——"我突然愣住了,好像是发现了一件很大的事情,"你刚才说什么?"

"大熊的工作不好!都不能画画。"

"不对,蜂蜜,我是说刚才,你问我什么?我做什么工作的?"

"我就是问大熊做什么工作的呀——"

莲一也似乎是意识到了,她看着我,也是一种难以置信的表情。

"蜂蜜,"莲一问,"你会说为什么了……你怎么不再说'为沙玛'呢……"

苹果脸上一副傲慢的样子:"我本来就会说为什么。"

又是一句无比清晰,非常标准的"为什么",我当然知道这是必然的,这其实也是一件好事情。她六岁了,她一定是越来越擅长用说话来表达她自己——可是我再也听不到那句独一无二的"为沙玛亚",我甚至没办法让蜂蜜理解,我对那句话的怀念。

某日晚上,我妈发了一段视频给我。她说是她偷偷拍下来的。视频里的人是外婆。外婆穿着那件莲一和我妈一起为她选的宝蓝色旗袍——我妈说，即使是看直播，在那天也要让外婆换件新衣服，打扮得漂亮一点。

视频里的外婆，站在浴室的落地镜子前面，仔细地打量着自己：宝蓝色旗袍，一双应该是我妈的白色平跟鞋，一头已经稀疏的银发盘成一个紧紧的发髻在后面，似乎还涂了一点点口红——色泽柔和的光线笼罩着外婆和镜子之间的时空，虽然她直到今天也没弄清楚莲一是什么人，她也不太清楚所谓"大熊要结婚了"到底是什么意思——大熊还是个小学生呀。但是好像这身全新的精致的装扮还是鼓励了她。此刻她站在镜子前面，静默了足足有十秒钟，完全凝神静气地注视——她究竟看见了什么，我们都无从知晓。片刻之后，她的手伸出来，颤巍巍地，与镜子里的自己的手掌小心翼翼地合上，好像她觉得自己必须为眼前这个白发苍苍的美人回忆起来一点什么东西。

然后她就开始唱了。她的嗓音已经完全损毁，我听不出什么成形的调子。不过我听得出来词。她唱的是：

>我只道铁富贵一生铸定，又谁知人生数顷刻分明；
>
>想当年我也曾撒娇使性，到今朝哪怕我不信前尘。
>
>这也是老天爷一番教训，他教我，
>
>收余恨，免娇嗔，且自新，改性情，
>
>休恋逝水，苦海回身，早悟兰因。

是她最喜欢的《锁麟囊》，我小的时候她常常跟着收音机唱，然后告诉我，程砚秋他怎么可以那么好啊。

我妈说，她原本只是好奇，外婆一个人在镜子跟前欣赏着自己的时候，到底在想什么。于是就偷偷地拍了一小段，她也没有想到会真的赶上《锁麟囊》。

那天夜里我独自把外婆的视频看了很多遍。距离婚礼还有两天的时间，崔莲一带着蜂蜜回崔上校那里住两晚——毕竟我得从崔上校家里接走新娘。突如其来的寂静却让我无比清醒，总觉得客厅里应该传来蜂蜜那种小孩子特有的"吧嗒吧嗒"的脚步声。

凌晨的时候我终于入睡了。睡得并不好，总是做梦。梦到外婆带着小学五六年级的我，还有现在的蜂蜜，外婆一边一个，牵着我们的手——即使在梦里，我也知道，全乱套了。然后我童年时最心爱的小火车从屋檐上掉了下来，砸在面前的马路上，沾满灰尘，面目全非，从中间碎裂成了两段。蜂蜜张开双臂，跑到路中间去捡小火车的车头，我听见外婆在拼命地喊："蜂蜜，当心车——北北你千万要看好蜂蜜啊——"

接着就是一段刺耳的，轮胎强力摩擦着路面的噪音。我睁开眼睛，天花板依旧黑暗，我的心脏还在惊魂未定地用力跳动，我坐起来，然后我拿起手机，想看看时间，凌晨五点，满屏都是俄罗斯乌克兰的消息。七嘴八舌的博主们都在说，这是见证历史的时刻。而我只是在恍惚地想：外婆是怎么认识蜂蜜的？

差十分钟八点，我实在等不及了，给老杨打了电话，我认为他醒着，因为这应该是他送双胞胎上学的时间。起初他没接听。不过几分钟之后他拨了回来，果不其然，他的背景音非常嘈杂。

"怎么了大熊——方便说话，刚把那俩轰进学校里去……

没事儿,没在开车,你说——"听他的声音,双胞胎今天早上的表现不错,所以他言语间并没有狂躁之气。

"你还记得大鳗吗?就那个——当初咱们几个总在食堂一块儿吃饭的……"我急急地说。"大鳗"这个昵称还是老杨给取的,我也忘了为什么了。

"哦——记得呀,"老杨无辜地说,"那个高高大大的乌克兰小伙子——不是,你这一大早的发什么神经?"

"你到底看没看新闻,打仗了你不知道吗?大鳗他这几年有没有联系过你?我怎么记得他说他要回基辅去工作?"

我耐心地等待了大概半分钟,我想老杨会不会是急着去翻关于战争的消息,忘了他跟我还在通话中。

"喂?没联系,我最后一次跟他发邮件都是五六年前了,他那时候在伦敦呢,你忘了嘛,他那时候成天说因为女朋友在伦敦,他后来不是拿了 offer 去伦敦读博士了。"

"不对,我跟他最后一次联系比你要更晚,绝对就是两三年前的事儿,他毕业了,他回基辅上班了,你有没有什么办法能联系上他?肯定有办法吧……"

"兄弟(dèi)",老杨像是已经忍了我很久,"你先——听我说完你再说话啊,我知道你现在是紧张,欸?我刚才说什么了?别打断我——后天就是大日子了,你现在紧张其实是个特别正常的事儿,这就好比是考试,就比如说高考吧,你前面已经落榜过两回了,后天就要第三次上考场,这放在谁身上,谁都会紧张的,没啥不好意思的……你去运动一下,最好是去游个泳,特别管用——跟你说,大鳗肯定没事。"

"话不是那么说的……"

"我知道,行吧你放心,我这两天想想,问问过去的同学看能不能联系上他,这个事儿交给我了,你放下电话就别再想了,放轻松点儿,头两回考砸又不全是你一个人的错,这次会不一样的,其实你心里也清楚——"

我想起来"大鳗"这个昵称是怎么来的了。他的名字发音很复杂,姓氏里面包含着两个近似"达曼"的发音。那次老杨过生日,又刚好在前一天领了打工的薪水,就豪爽地请我们几个去日本餐馆。第一口鳗鱼饭吃下去的时候,达曼的眼睛夸张地亮了,他说怎么会有这么好吃的东西,也就是在那一天,他正式有了"大鳗"这个称呼。那天晚上还有谁呢——我努力地想,我得想起来,必须想起来:有我、老杨、大鳗,还有一个当时跟我一起准备小组报告的缅因州老兄,以及缅因州老兄的女朋友——栗色卷发的阿根廷姑娘。

十五年前,我还以为,世界不过如此。

是大鳗第一个告诉我,老杨和杨嫂之间有点不对劲的。那是一个昏昏欲睡的午后,我在秘书处门前的过道上席地而坐,书包摊在膝盖上。半小时后秘书处才会开门,我等着那位总是笑声爽朗的秘书女士吃完午餐,把我们的考试时间安排张贴出来。大鳗也正好来了,跟我打个招呼,坐了下来,我们并排仰望着面前那扇紧闭的门。"我前天在自然博物馆门口看到了杨,"大鳗说,"有个中国女孩子跟他在一起。""哦,我知道,那是他的客户。来看房子的。"大鳗摇摇头:"绝对没有那么简单,你相信我。"

婚礼的日子总算到了,很小的宴会厅,疫情防控的要求,每两个人之间必须隔一个座位。连摄影师都算上,总共也就二十几个人。除了最常规的鲜花装饰之外,宴会厅里还把那个叫雪夜的女作家的书摆成了一个花坛状，每位来宾都会领到一本，装在一个印花布袋子里，作为伴手礼——我非常不喜欢这个环节，我问莲一为什么我们这样的日子也摆脱不了那个搔首弄姿惺惺作态的女人，莲一叹气说："老公，就配合一下吧，我下半年就指着她的小说改的那部戏翻身了。"

我懂。我们的婚姻就从这一刻正式开始。

大屏幕上在循环播放着一段视频，都是朋友们发来的祝福，虽然里面有拍过莲一的几个电视剧的演员，但是好像，最引人注目的一段，还是属于小饱和小眠的。他们俩在厄瓜多尔的住宅区里，脖子上挂着花环，带着一堆新认识的邻居朋友，一起在镜头前跳舞，舞蹈的人群里不小心混入了老杨，他的所有动作都不在节拍上。老杨此刻站在宴会厅的入口处，西装革履，帮我迎宾，"全交给我就行了，"他信誓旦旦，"没有人比我更懂怎么统计婚礼红包。"

每一个人都上来恭喜我，连着跟十几个人笑过之后，我就有点累了，在这点上我得承认，我挺没用的，不像老杨。趁着所有人在跟所有人社交，一时没有新的客人过来，我一闪身从宴会厅后面的门退了出去。后面是一道狭长的走廊，新娘的化妆间就在走廊的另一端，崔莲一的一个表妹和闺蜜们也都挤在里面。特意换了高跟鞋的苏阿姨刚刚把蜂蜜也带进去了，我听见里面传来一阵此起彼伏的赞美声："哎呀小宝贝真是好漂亮呀……""蜂蜜你长大了啊你还记得我吗……""来让我跟小公主自拍一下。""开没开美颜？"

我没想到，片刻之后，蜂蜜就从化妆间里跑了出来。她大概很少穿这种蓬蓬的纱裙，行动有点受阻，她长高了，从四头身变成了五头身，但是这条精美的小裙子也准确勾勒出来她圆圆的肚皮。

"大熊。"她冲我跑过来，"你的手机在哪？"

"今天可不行。"我压低了嗓门，"我今天可能有好多信息要回。"——她总是偷偷地借我的手机玩一个抓仓鼠的游戏，这也是最好不要让妈妈知道的事情。

"我爸爸说，他会给你发信息。"她的坏笑露出了整排牙齿。

我难以置信地拿出我的电话："他怎么知道我的号码的？

是你告诉他的？"

蜂蜜得意地点了点头。

"那你告诉他没有，大熊把那辆 Model X 喷成了蜂蜜最喜欢的粉红色？"

"告诉了。"

"他怎么说？"——我自己也知道，这很无聊。

蜂蜜的眉毛，眼角瞬间惟妙惟肖地往下一扯："爸爸说，切，有什么了不起。"

至于那辆变成了樱花粉色的特斯拉，我和崔莲一约定好了，如果某天她负责接送蜂蜜，就她开；如果是我来接送蜂蜜，就我开；要是某天一个人负责接，另一个人负责送呢——那就听天由命，看当天究竟是谁更丢不起那个人。

当我看着樱花粉进出了两次我们公司的地库，所有保安师傅——无论大叔还是小哥，无论当班还是休息——都认识了我。

在很久没有用过的短信信箱里，看到了成先生的信息。混杂在一堆广告之间。成先生说："你好，可能冒昧了些。

我想祝福你们。还有一件更重要的事,蜂蜜这个孩子有点特别,她脑子里有很多奇怪的想法,她的感受也经常很复杂,性格又跟她妈妈一样倔。我想拜托你,一定对她耐心一点,谢谢。"

我怎么会不知道她是个有点特别的孩子,我又不傻。

我突然想到蜂蜜画的那张画,画上除了她自己,有爸爸,妈妈,苏阿姨,和大熊。只是——有朝一日,为什么不能有一张这样的全家福呢?反正……都是熟人。不过有个原则性的问题,比如说,二十五年以后,如果蜂蜜也要办婚礼,如果那个时候人类婚礼的基本仪式还没有被颠覆——那么该是谁牵着她的手走红毯,把她的手放在新郎手里呢?这可是大事,越早聊清楚越好。

手机上又推送给我一组乌克兰防空洞的图片。我一咬牙,把手机放进了口袋。可能是远处的落地窗被谁打开了,一阵猛烈的穿堂风,通往宴会厅那半扇敞开的门"嘭"的一声关上了。蜂蜜小小的身体用力地往前一挺,我才明白那是一个寒战。我弯下腰,微微施力按了按她的脑袋,她依然非常配合我,把脖子缩了缩,然后我把她抱起来,我说:"没事的,是风。"

"那个门关了,我们是不是出不去了?有没有人来找我们?"她的小手迟疑地往前一指。

"放心吧,不需要谁来找我们,我自己就能把那个门打开。"我抱紧她,我们往那两扇大门旁边走。

"你要是打不开呢?"她认真地看着我。

"不可能打不开,大熊的力气大。"

她好像是思考了一下,点点头,表示接受。铺着地毯的长长的走廊在我们面前延伸着。我的步子迈得很大。我们沿着这条走廊走下去,会走过漫长的岁月,也许走到走廊的三分之二处,蜂蜜就长大了,我几乎已经看得见一个鲜活的画面,到了青春叛逆期的成蜂蜜一脸真诚的愤怒,她会清脆地对我说:"你凭什么管我,你又不是我爸爸!"——我则可以平静地告诉她,我等她这句话等了十年了,她还有没有点新鲜玩意儿?也许当我的手掌碰触到那扇门,我就已经老了。我才不怕老——老了以后,我就告诉成蜂蜜的未婚夫:她快要四岁的时候才能戒掉安抚奶嘴。

外婆说了,北北,你要看好蜂蜜。

我和崔莲一会百年好合的,一定会。

因为我们这些幸存者别无选择,百年好合,是唯一的出路。

> 2022年1月7日 初稿 于北京
> 2022年3月7日 定稿 于北京